犬

神

〔美〕吉姆·凯尔高◎著

刘利君　李红慧◎译

江西高校出版社

JIANGXI UNIVERSITIES AND COLLEGES PRESS

图书在版编目（CIP）数据

犬神／（美）凯尔高著；刘利君，李红慧译．—南昌：江西
高校出版社，2016.3（2020.6 重印）
（国际大奖动物小说）
ISBN 978-7-5493-4141-2

Ⅰ．①犬… Ⅱ．①凯… ②刘… ③李… Ⅲ．①儿童文
学－长篇小说－美国－现代 Ⅳ．①I712.84

中国版本图书馆 CIP 数据核字（2016）第 056348 号

责任编辑 刘建梅 黄玉婷
装帧设计 罗俊南

出 版 发 行	江西高校出版社
社　　　址	江西省南昌市洪都北大道 96 号
编 辑 电 话	（0791）88170528
销 售 电 话	（0791）88170198
网　　　址	www.juacp.com
印　　　刷	湖南锦泰数字印刷有限公司
经　　　销	各地新华书店
开　　　本	787mm×1092mm　1/16
印　　　张	13.25
字　　　数	122 千字
版　　　次	2016 年 3 月第 1 版
	2020 年 6 月第 2 次印刷
书　　　号	ISBN 978-7-5493-4141-2
定　　　价	39.00 元

赣版权登字 -07-2016-136

目 录
contents

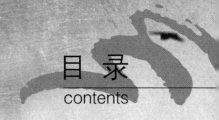

第一章

一　回　家

　　汤姆·瑞恩思在火车开始爬山的时候从车厢的座位上站了起来。他的眼睛里闪着泪花，透过脏兮兮的车窗玻璃热切地往外看着。看到这些熟悉的景色，他感觉自己好像是昨天才离开似的。而事实上，他已经离开五年了。

　　当列车到达山顶的时候，他顺着斜坡旁边的空地往下看。在山谷底部有一个小城，那就是戴尔山城。五年前，他的父亲刚刚去世的时候，他在这里搭乘火车加入了疯狂的淘金队伍，去往西边淘金。

　　汤姆将身体靠在车窗上，眯起眼睛盯着山腰上的牧场。牧场与外面是用带刺的金属丝隔开的，看上去里面大概有100匹马，它们颜色各异，大小不同，一看就知道是做重活的牲畜。在这座城市里，人们似乎很喜欢马。汤姆一直盯着那些马看，当火车快速地下坡，即将进入城里的时候他还在看。突然，他的目光被一匹单独站着的马吸引住了。那匹马可真漂亮啊！

那是一匹有黑色和白色斑纹的马，它独自站在牧场最顶端的位置。远远看过去，只见它优雅地站在那里，迎着风，头抬得高高的，那银色的鬃毛挤出了褶皱。汤姆目不转睛地盯着它看，直到火车下坡后看不见了，他还踮起脚尖来看。那匹优雅的、带斑纹的马也一直没有动。

旁边的人对汤姆说，这座山上有各种各样的马，但即便是好马也不一定有机会去城里。汤姆觉得那匹马非常适合自己，那匹马一看就是那种奔跑速度快、身体健壮、头脑聪明的马。其实这时候汤姆还没有想过自己要用马来做什么。他这次回到这里只是短暂地停留而已。

火车开始减速，最后停在了一个小火车站。汤姆从行李架上把自己的帆布包拿下来，然后走向车门。下车来到月台之后，汤姆像个饿极了的人一样贪婪地呼吸着家乡的新鲜空气。

离开家乡的山林之后，汤姆去过许多地方。他曾经穿过炽热的沙漠，还爬过凶险的雪山。但是，这里才是他真真正正的家，他就出生在小城旁边的一座山的后面。现在他回来了，长大了五岁，而且身上还带回了几百美元，这些钱是他历尽千辛万苦淘金得来的。

现在，他的眼前只有一个牙齿黑黑的侍应生正在推着行李车。

汤姆问他："你知道山上那群马是谁的吗，就是我下车之前看到的那群？"

"你究竟想问什么？"侍应生疑惑地反问道。

"我想要租一匹马。"

"不要去找福瑞德·拉尔森租马，"侍应生沮丧地回答道，"他的那些马连风都吹得倒，要不就是关节是肿的或者有其他别的毛病。顺便说一句，他不会把马租给任何人。"

汤姆说了声谢谢后，就把包袱扛到肩上走向了满是尘土的大街。他望了望在火车上就看到的小城，五年不在，小城的变化可真大啊！一座座高楼拔地而起，那些有点旧的房子也已经被粉刷一新了，但即使已经开始出现一些繁荣的迹象，这座城还是一座比较偏僻的山城。所有的人看起来都很陌生，汤姆也不想费劲去找熟人。他的家在山里，而不是在城里，山里人才是他亲密的朋友。要是能有一匹马，最好是一匹体面一点的马，他就可以赶在太阳下山之前到达他父亲那座破旧的小屋了。那样的话，或许明天他还可以骑马去四处看看都有些什么变化。

他一边这样想着，一边来到了城边的牧场，仔细地在马群里寻找着他刚刚看到的那匹马。推行李的侍应生说的一点儿也没错，他看到的都是些不怎么样的马。它们大多都皮包骨头，有些看起来好像随时都有可能被自己的体重压垮似的。

第一章

他抬头看向山顶，正好看见了那匹身上有黑白斑纹的马站在那里。它看起来吃得不是很饱，但从那匀称的四肢仍然可以看出它的体内含有阿拉伯马的血统，它跑起来一定很快！汤姆吸了吸鼻子，看到栅栏旁边还有一匹瘦高的母马，他对那匹马一点儿也不感兴趣，再次悄悄地瞟了那匹有斑纹的马一眼。那匹马很警觉，它也在看汤姆，而且他每走一步，马的眼睛也跟着动。接着，汤姆放下包袱，把身体靠在围栏上看着它。

　　突然，汤姆眼角的余光里出现了一个个子高高、头发凌乱的男人，他板着脸从山脚的小谷仓朝自己走来。汤姆猜，那人的脸色很有可能一直是那样难看。他的脸上沟壑纵横，还可以看到红色的脉络交叉着，连眼睛都是红色的。他慢慢地靠近，脸上的表情简直没法形容，反正一点儿也不友善。

　　"你是谁，你想要干什么？"那人走近之后咆哮着说道。

　　汤姆走过去说："这些是你的马？"

　　"是的，但关你什么事？"

　　"我想租一匹马。"

　　"我的马不对外出租。"

　　"为什么呢？"汤姆指向栅栏旁边那两匹正在拉磨的马说道，"那么多匹马你也用不完，是不是啊，老板？"

　　福瑞德·拉尔森看了一眼那些身上被马鞍磨出老茧的马，然后用尖锐的眼光看着汤姆。

"我不会出租我的马，"他说道，"不过我可以卖给你一匹。"

"我不打算买，因为我只需要用几天。"

"你要去哪里？"

"回山里。"

"山里那么荒凉，你有熟人在那里吗？"

"算是吧。"

汤姆觉得现在租一匹马怎么那么麻烦呢，五年前来到戴尔山城的任何一个陌生人都可以租到一匹马，而且想去哪里也没有人会过问。现在这里养马的牧场主怎么那么奇怪呢？

"你愿意卖那匹有斑纹的马吗？"汤姆直截了当地问。

"那匹不行，那可是一匹好马。"牧场主有点不情愿地说道。

汤姆咧着嘴笑了笑，心里想着，卖是肯定会卖的，不过价格可能会很贵。那是一种在做马匹交易的时候经常会用到的伎俩，汤姆心里可是一清二楚。然后，汤姆弯腰提起自己的包袱，放到了肩上，说道："好吧，那就这样吧，我还是习惯步行。"

大个子眨了眨他那充血的眼睛说："那匹马我也不是不愿意卖，只是你要出得起价钱。"

"你要卖多少呢？"

"150美元。"

"我只出50美元。"

"那价格可买不到马，老板！你再看看我这马有多好啊！"

"150美元我可以买很多匹马了。"

福瑞德·拉尔森露出他那变黄的牙齿笑道："那匹有斑纹的马可比许多马都厉害呢，陌生人。"

"好吧，我最多出75美元。"

"125美元，现金付款。"

汤姆拿出钱袋，从里面拿出一枚价值30美元的金币。

"我跟你打赌。如果正面朝上，我只出75美元；要是背面朝上的话，我就给你125美元。"

牧场主人考虑了一会儿说："好吧，一次定输赢，然后你立刻付现金给我，绝不反悔。"

"我才不会说话不算数呢！"汤姆温和地说，"我可不能让一匹风都吹得倒的马来帮我驮东西。"

"我保证那匹马比看上去还要能干两倍，就算是出125美元也绝对值。"

"很好哦。"

汤姆把那枚金币抛向空中，金币在阳光的照耀下闪烁着明亮的光芒，然后慢慢地落到了牧场栅栏边的地上。福瑞德·拉尔森弯下腰去看是正面还是背面。

他酸酸地说道："哎，怎么会是正面啊？"然后他把金币捡起来，还怀疑地翻过另一面来看了看。

汤姆笑着又拿出了30美元的金币，还有15美元的纸币。

"马鞍和笼头在哪里呢？"

福瑞德·拉尔森用他那又粗又短的手指指向谷仓说："在谷仓里面，我有三个马鞍和六个笼头。"

"让我先去看看。"

福瑞德带着汤姆来到谷仓，接着汤姆就开始挑选起架子上的马鞍来。汤姆看着这些马鞍还有毯子，觉得都相当不错，于是他二话不说就又掏出15美元给了牧场主人。汤姆把马鞍放在肩膀上，一手拿起笼头，另一只手拿上毯子，朝着斑纹马所在的山顶走去。福瑞德靠在栅栏上静静地看着他。汤姆十分缓慢而自信地靠近马儿，而且没有发出任何会让马受到惊吓的声音。汤姆的眼睛在马儿的身上看来看去，看着它那修剪整齐的毛发，还有整洁的外形，他心里高兴极了。斑纹马肯定跑得很快，看它的体形就可以知道这一点，再看看它那发达的胸肌，证明它具有极强的耐力。

随着汤姆慢慢地走近，马儿发出了长长的鼻息声。汤姆走过去，温柔地抚摩马儿的耳朵。

然后，他温柔地叫着："皮特，从现在起你就是我的皮特了。要是你真像看上去那么好的话，我就太高兴了，那样你就是我要找的马了！"

汤姆的手慢慢地摸到了马儿的嘴巴，很自然地就把笼头给马儿套上了。汤姆左手拉着缰绳，然后把毯子放到马背上，再把马鞍放到毯子上，最后把马鞍固定在马儿身上。汤姆做这一切时，斑纹马都没有要反抗的意思，而且在汤姆牵着它下山的时候还顺从地跟着。福瑞德·拉尔森打开门，他们就出门了。

"嘿！老板，现在马是你的了。"牧场主人在门边说道，"让我看看你骑着它的样子吧！"

汤姆左脚踏上马镫，接着把右腿跨过马鞍就骑上去了。但是，突然之间，马儿暴跳了起来，接着前腿不情愿地落到地上，而此时后腿还悬在空中。汤姆差点儿从马背上摔下来，他赶紧把腿再夹紧一点，然后拉紧缰绳。

现在，汤姆总算知道了福瑞德·拉尔森为什么会在交易达成之后还要一再说不能反悔了。斑纹马只是看起来很温驯而已，一旦有人想要骑到它身上它就会变得很疯狂。

马儿现在正设法拱起脊背，想要把汤姆摔下来。突然，像被什么东西撞击一样，一股暖流从汤姆的脊椎涌向头盖骨。汤姆从容不迫地拉着缰绳，让皮特随意地放纵自己。汤姆心里想着：就算你从来没有被人骑过，现在也不得不被我骑了。

斑纹马野蛮地把头偏向一边，这样它的背部就有些扭曲了。汤

姆死死地坐在马背上，他曾经骑过很狂野的马，但是这匹马似乎前所未有的狂野，不过他骑过的马也没有比这匹更敏捷的了。

三分钟之后，马儿停止了挣扎。它静静地站在那里，驯服地低下了它高傲的头颅。皮特是遇到它真正的主人了，它自己也知道。汤姆轻轻地驾驭着它转向左边，然后又转向右边，接着又骑着它回到牧场主人站的地方，那人正惊讶得合不拢嘴。

"天哪！"他感叹道，"这怎么可能啊！"

"的确是好马，"汤姆平静地说道，"虽然有点太活泼了。"

"活泼？老板，山上好多人都试着要骑上它，结果全都失败了，你是第一个可以稳稳当当地骑在上面的人呢！"

汤姆笑了笑，弯下腰来拾起自己的包袱。斑纹马在汤姆把包袱放到自己背上，然后捆到马鞍上的时候静静地站在那里。整理好之后皮特颤抖了一下，但很快它又恢复了平静，安心地站着。当汤姆转向那个吃惊的牧场主说"再见，谢谢你能便宜卖给我"的时候，马儿启程了。

汤姆骑着他的新马，一路小跑着向戴尔山城赶去。在别人都惊奇地盯着他们看的时候，汤姆假装不懂那是什么意思。很明显，斑纹马对于这里的人来说是很难驾驭的马，但是有人做到了，他们当然要多看几眼。汤姆只在城里停留了一会儿，买了点日常用品，紧接着就出城了。

他们很快就离开了小城，进入了大森林，马儿毫不费力地爬着山路。汤姆俯下身子，轻轻地拍打着皮特的脖子，高兴地笑着。他这次回到家乡只是打算见见老熟人，然后拿上一些东西就离开。大约一小时后就可以到家了，而且现在他有了一匹马。也许自己会在离开的时候把马卖给比尔·托利维，比尔喜欢跑得快的马。

当他转向树荫下的林间小道的时候，在泥地里看见了一些奇怪的蹄印。有些是很久之前留下的，也有新鲜的，由此可以看出这条路经常有马匹行走。不过，以前可不是这样的，这条路几乎是没有人走的。时间是神奇的魔法师，轻易地改变了一切。

突然，从不远处的森林里传来了步枪的声音。汤姆安静地坐在马背上，却没有听到第二声枪响，也没有听到其他声音。汤姆觉得有点儿奇怪，但还是决定向前走。他脑子里想着：谁会在夏末季节在这里射击呢？以前这里可没有人住。虽然心里这样想着，但汤姆也没停下步伐，他催促着斑纹马跑起来。

又前进了大约800米之后，面前出现了一条分支小道。汤姆看到那条小道上有马蹄印，那匹马还钉了马掌。他让马儿停了下来，低下头仔细观察那些马蹄印。马蹄印之间的距离很远，说明马儿经过这里的时候跑得很快，而且是刚离开不久。汤姆沿着小路往前看，那是那匹马出来的方向，接着他继续前进。

他让皮特慢慢地走着，以便自己观察那些足迹。皮特低下头慢慢地往前走，嘴里不时地发出轻轻的嘶鸣声。

当汤姆抬起头来的时候，刚好看见一个手里拿着左轮手枪的人从对面走过来。那是一个个子高高的男人，肩膀很宽，而且有一头凌乱的红头发。他的牛仔衬衫都被汗水浸湿了，右边脸颊上还有一道血痕。汤姆猜想，那很可能是被树枝划伤的，或者是被子弹擦伤的。他也不清楚。

"你来这里做什么？"陌生人唐突地问道。

汤姆静静地坐在马上，对于对方的语气和态度都十分反感。他以前随便在这些山上到处跑，也没有人问他要去哪里，去干什么。看来这里现在是别人的地盘了。

"我只是做我自己的事。"汤姆回答道。

"我是问你来这里做什么。"陌生人重复道。

"听着，我的名字叫汤姆·瑞恩思。我离开这里五年了，今天早上才回到戴尔山城，我要去我的小木屋，就在瑞恩思溪谷旁边。我不关心其他人要做什么，现在你给我靠边站。"

"你从哪里得到这匹马的？"

"我买的。"

"好吧，汤姆，你走吧。"

那个人把手枪收了起来，站到旁边。汤姆唤着皮特，头也不回地扬长而去。

其实汤姆想了很多：他听到的是步枪的声音，而那个红头发的人手里拿的是把手枪，而且是把很旧的手枪。如果那一枪是在射击那个红头发的人，那么他差点儿就被杀死了。是谁要杀他呢？那个人为什么要暴露自己呢？那些马蹄印都是谁留下的呢？很多他完全不知道的事正在他曾经熟悉的、平静的大山里发生。他想，明天最好能找到比尔·托利维问清楚。

离开戴尔山城大约14千米之后又是一条小路，汤姆沿着小路走进了茂密的山谷里。他们来到小溪边，当跨过溪流的时候一缕阳光清晰地洒在前面的空地上。汤姆拉着皮特沐浴在阳光里。

"我们到家了，皮特。"他高兴地说着，"你觉得这里怎么样？"

前面的空地上有一座坚固的小木屋，木屋旁边有一个小谷仓和一个小牲口棚。在空地的尽头是一块一米多高的岩石，"瑞恩思溪谷"几个白色的字就清晰地写在上面。有两只梅花鹿本来在那边吃草，看到有人来了就逃到丛林里去了。但是，汤姆没有看它们，因为他正仔细地打量着小木屋。

这是他五年前住过的地方，现在这座小木屋被豪猪咬得已经有些摇摇欲坠，但是要修一下也不难。而且，看起来里面最近还有人住过。汤姆一边下马，一边想着："有人住在这里，对于我来说一点儿坏处也没有。这屋子本来就是空的，只要那个房客不在这里乱来就没什么大不了的。"

"他们要是能留下一些木头就好了，那样我就不用再去砍了。"汤姆对着皮特说道。

　　他从马鞍上解下包袱，放到木屋前的地上，然后拉着皮特去了牲口棚。牲口棚的门由于上面的铁链生了锈，已经开始慢慢往下坠了，看来那些住过木屋的人没有用过这牲口棚，牲口棚里长满了草。他推开畜栏门，把皮特牵进去，然后拿下马鞍，让马儿放松一下，还顺手在马儿身上拍了拍。接着，汤姆回到木屋那里，让皮特独自在牲口棚吃草。

　　汤姆扛着包袱走进了木屋。当他环顾四周时，才发现自己错了。有人住过这里是没有关系，但是现在正有人住在里面，这就有很大的关系了！

　　咦，那会是谁呢？他把家里收拾得很干净。汤姆一边看，一边思考着。这里真的相当干净，非常适合居住。筐里有木头，木头上还有引火的东西。煤油灯里有半瓶煤油，屋里还有面粉、盐、糖、半罐猪油，储藏室还有几个干掉的苹果。他以前挂在房梁上的包袱里的毯子已经被铺到了床上。汤姆之前已经把他的那些枪、钓鱼工具和所有值钱的东西都放到比尔·托利维那里去了，所以不用担心会丢失什么。

　　汤姆站在屋子中间，困惑地看着屋里的一切。他想：是谁静悄悄地搬进来，而且没有带走自己的东西呢？是的，他已经离开很长时间了，但是谁也不知道他什么时候回来。在这里住的人很有可能是他的朋友，还有可能是谁的屋子被火烧掉了，在这里暂住一下。汤姆耸耸肩。这又是一件神奇的事情，这个也要去问问比尔·托利维才知道。想着想着，汤姆发现自己已经饿了。

他打开包袱，把自己的一些个人用品放到了壁橱里，同时把一截渔线和一个工具盒留在外面。那个工具盒是个不错的宝贝，它给过汤姆很多帮助，特别是当汤姆去到荒凉的、没有足够给养的地方的时候。这一次，又要靠这个工具盒了。当汤姆带着渔线和工具盒出门的时候已经是黄昏时分了。

这时候，吃得饱饱的皮特在牲口棚里嘶叫着。汤姆走向溪边的柳树，用折叠刀砍下一根树枝，把渔线绕上去，又在线的另一头系了一个鱼钩。汤姆劈开一截腐烂的树桩，找到一把白色的小虫子，穿在鱼钩上，然后把鱼钩甩到水里。大约十分钟过后就钓上来四条鲑鱼，足够今晚的晚餐和明天的早餐了。

吃过晚饭后，汤姆坐在门廊上，看着夜色逐渐吞没这片山林。还是没有其他人出现，他只听得见那些他熟悉的森林和小溪发出的声音。尽管有很多问题他还弄不明白，但是他很高兴回到家里。北美夜莺欢快地唱着它们的夜曲，当汤姆睡着的时候皮特也在牲口棚里睡着了。

二　烟　灰

　　汤姆在黎明时分醒来，早餐他吃的是昨晚剩下的鲑鱼和一些苏打饼干。吃过早餐之后，他立即给皮特戴上马鞍，沿着延伸向远方空地的小路启程去比尔·托利维那里，他迫不及待地要见到他，不愿意浪费一点时间。

　　经过一个小时的持续攀爬，他们总算来到了山顶上，汤姆停下来让皮特休息一会儿。

　　在他离开这里的前一年，他曾经帮忙扑灭过一场森林火灾，那场大火十分凶猛地席卷了这里。火灾毁灭了它席卷过的一切，甚至一口气吞没了有20米高的松树。现在，那些曾经被火毁掉的地方又重新长出了植物。这里生长出了大片大片的黑果木，还有大量的山白杨，漫山遍野到处都是。皮特向前耸动着自己的耳朵，专心地看着这一片山白杨。汤姆也顺着马儿看的方向望去。

　　汤姆以为自己看见了一根树桩，一根被火烧过残留下来的树桩，而且是一根看起来很丑陋的树桩。汤姆让马儿走得更近些，虽然皮特极不情愿，鼻孔里还发出紧张的鼻息声，但它还是按照主人的意愿去做了。

　　走近一看汤姆才发现，那根本不是什么树桩，而是一头巨大的黑色野猪。这头野猪看上去很健壮，应该可以跑得很快。野猪露出嘴里的尖牙，小小的猪眼睛死死地盯着骑在马上的人。这实在是太突然了！汤姆还没有反应过来呢，甚至都还没有看清楚它，那个怪物就瞬间消失在了灌木丛里。

汤姆让皮特慢慢向前走着。他本来就是山里土生土长的人，当他还是个孩子的时候他就知道，大多数野生动物在看到人的时候都会逃跑。但是这个家伙有点奇怪，它并没有直接跑掉，而是先和人对视。事实上，它似乎是要撞向汤姆。想到这里，汤姆的后背袭来一阵阵凉意，还好刚刚什么都没发生。汤姆控制住自己的情绪继续前进。

这种野猪体形巨大，大概有黑熊那么大，更要命的是它们总是在山间游荡。想到这些汤姆还有点后怕，他来到刚才野猪站的地方，下马仔细察看。他看见泥地里的脚印又宽又大，他从来没有见过这么大的脚印。他随即站起身来，紧张地向周围看看。因为自己没有带武器，这样独自站在这里是十分危险的，要是这时候野猪袭击自己的话，那就真的只有死路一条了。汤姆赶紧收起自己的担心，爬上马背骑着皮特一路小跑。他们穿过了那片曾经被烧毁的山林，来到了山的另一边。

当他们到达另一片树林的时候，汤姆才感觉到轻松一点了，皮特也放慢了脚步。很可能那头野猪根本就没有想要攻击他，只有部分野兽才敢肆意地攻击人类。也许是他吓到野猪了，它在逃跑之前想看看那人到底要做什么——事情肯定是这样的。

小路在几棵大松树旁拐了弯，转向山下。在很远的山下，汤姆看到了另一片空地，同时还听到了狗叫声。那些狗一定是闻到了他们的气味才开始叫的。汤姆驱赶着皮特往托利维家的空地跑去，其他的什么都没有想。

他一直都很喜欢比尔·托利维。比尔是个典型的山区居民，在树林里，他很会辨别方向，教会了汤姆很多他知道的常识，包括枪法。比尔是个神枪手，他曾经只带了20发子弹和一支步枪就杀死了18只梅花鹿和两头熊。他自信地解释道："带更多的子弹也只是浪费罢了。"汤姆微笑着回忆着这些。

当他们来到山脚空地的时候，比尔的猎犬朝着他们狂叫。汤姆看见了猎犬小枝，它是比尔的一条老狗，还有猎犬杰瑞。其他的狗是汤姆以前没有见过的，不过这一点儿也不奇怪。老比尔喜欢捕杀熊和猫科动物，那些都是凶猛的野兽，它们有能力伤害到任何一只猎犬。五年里，大部分的猎犬都死掉了，出现一批新的猎犬就再正常不过了。

接着，汤姆看到有一只猎犬悠闲地跟在其他猎犬后面。

那是一只体形巨大的烟灰色猎犬，它的一只耳朵耷拉着，好像是被撕裂过后又被治好的样子。汤姆惊讶地看着它。从外形上看它好像是老比尔的普罗特猎犬，但是它又不是普罗特猎犬。它的面颊很厚，下巴有点褶皱地悬挂在脸上，神情看起来有点儿悲伤。汤姆决定称它为烟灰狗。

其他的猎犬都在斑纹马的面前狂吠了一阵之后，慢慢地退回托利维家的院子里了，只有那只神情悲伤的狗留了下来。这时候，汤姆下了马。

"你好，烟灰狗。"汤姆庄重地跟它打着招呼，同时挥舞着自己的手。

　　烟灰色的猎犬小跑着过来，在汤姆身上闻来闻去。突然，它抬起头来，让汤姆吃了一惊。汤姆俯身抚摩它，它就轻轻摇起尾巴来了，而且还亲昵地把鼻子凑到汤姆的脸上，把前腿搭在汤姆的身上。汤姆慢慢地把烟灰狗放下来，让它坐到草地上。

　　"你喜欢我吗？"汤姆笑着问道。

　　随后，汤姆牵着斑纹马走向木屋，其他的猎犬又开始朝着他们大叫，有两只还咆哮着走近他们。烟灰色的狗立刻跑到汤姆旁边，它一过来，那两只好战的猎犬就退了回去。汤姆笑了起来。很明显，和这只烟灰色的狗打架不是明智的选择，它们还是有自知之明的。这时候汤姆看到一个人站在门那里，那就是比尔·托利维。

　　比尔·托利维是一个身材矮小但是肩膀宽阔、健壮结实的人，他有一头浓密的白色头发，胡子也是白色的，甚至垂到了胸口上。他步伐轻盈地走过来，向汤姆伸出手。

　　"汤姆·瑞恩思！"

　　"你好啊，比尔。"

　　"见到你可真高兴啊，孩子！好久不见了。我看到了，你骑的那匹马是福瑞德·拉尔森的吗？"

　　"现在它叫皮特，是我的马了。"汤姆笑道，"它找到了真正的主人。"

"是这样啊！"比尔十分羡慕地说道，"我也曾经打算买那匹马的，但是我驾驭不了它。来吧，孩子，托利维夫人和伊莱恩看到你一定会很高兴的。"

"伊莱恩？"

"她是燕西的老婆。"比尔解释说，"燕西被一棵树砸到后就死了，就在两年前。后来伊莱恩和他们的孩子就和我们一起生活了。"

汤姆遗憾地摇了摇头，他知道说什么也没有用了。燕西可是比尔唯一的孩子。

他们带着斑纹马去牲口棚，让它和比尔·托利维的那些马待在一起。烟灰色的猎犬跟着他们。当他们回来朝着房子走去的时候，那只狗正向一个在院子里玩的金发小女孩摇着尾巴。还在蹒跚学步的孩子叫苏·托利维，是比尔的孙女，她伸出双手，把猎犬的两只耳朵捏在手里把玩着，还使劲地拉。猎犬更加使劲地摇着尾巴，但是始终没有办法挣脱那个小孩子。

"比尔，你是怎么得到那只心地善良的猎犬的啊？"汤姆问，"它叫什么名字呢？"

"是那条狗吗？"比尔说道，"它是一只侦探犬，在这里已经有一年多了。一些警察在这里抓一个罪犯，但是一直没有抓到。很显然，有一只侦探犬掉队了。那就是烟灰。"

"这么说它的名字叫烟灰？"

"是的，它的颜色是那样的啊，难道还有更好的名字吗？"

"它有什么优点？"

"它很聪明，而且它的鼻子是世界上最灵敏的，但是它不是猎犬。它有自己的思想，它会选择什么该做什么不该做。那家伙对人类很友好，它可以战胜这里的任何一只狗。可这样一来我就没办法用它了，我还在想办法甩掉它呢。"

"卖给我怎么样？"

"你喜欢的话我就送给你了，汤姆，如果你只养一条狗的话，烟灰是最好的选择。它不会跟着别人跑掉的。虽然我不知道它是一只专供游戏的狗还是追踪人的猎犬，或者都不是，但是我可以肯定的是，它很顽强。它看起来有什么事要做，但是下不了决心。"

"我要找出它的秘密。"汤姆说道，"那就这么定了。"

比尔·托利维推开门进了屋，汤姆也跟着他进去了。"这是多么整洁的木屋啊！"汤姆内心感叹道。这时候他看到了燕西·托利维的老婆，那个漂亮的寡妇——伊莱恩，她转过身来有点害羞地笑了一下。比尔的大嗓门不停地说着话："老婆，汤姆·瑞恩思来了！他昨晚回来的。"

托利维夫人是一个和蔼可亲、头发灰白的妇人，她坐在壁炉旁，听到比尔的话之后抬起头来。

"年轻人，让我看看你！谢天谢地，你终于回来了！五分钟之后就可以吃饭了。"

　　"我早上吃得太饱了。"汤姆说。

　　"我敢打赌，那肯定是一个男人的早餐。"托利维夫人吸了一口气说道，"鲑鱼和饼干，我应该没猜错吧？不过不管怎样，我还没有见过哪个人一次吃掉两顿饭还可以骑着马跑的。"

　　这时候那只烟灰色的狗出现在了门口，它满怀期待地望着人们。苏·托利维蹒跚着走过门廊，伸出双手捏住那只大狗脖子上的皮，捏得紧紧的。为了不惹小女孩生气，烟灰慢慢地走进了屋里。苏·托利维一直捏着大狗，直到自己完全走进屋之后才放开这只狗，然后爬上了一条矮凳子。

　　烟灰摆脱了小女孩之后，就走到汤姆身边，趴到了汤姆的脚上。它摇了一会儿尾巴就开始打哈欠，不一会儿便睡着了。

　　托利维夫人笑道："它喜欢你，汤姆。"

　　"不错的狗，"她的丈夫看着烟灰说道，"现在它是汤姆的了，我把烟灰送给汤姆了。"

　　"很好！很高兴它将要成为一只好猎犬了，虽然它现在像孵蛋的母鸡一样不出门。虽然烟灰不会随那些猎犬一起跟比尔出去打猎，但它是我最喜欢的狗了。现在大家让一下，要上菜了。饭菜都准备好了。"

托利维夫人和伊莱恩把烤好的鹿肉、土豆泥、黄油、野生蜂蜜，还有金黄色的饼干摆到桌子上，在烤炉上还有一个大大的、热气腾腾的草莓派。托利维夫人在杯子里加满了咖啡，然后又把咖啡壶放回到炉子上去。

"好了，年轻人，坐下来吃吧！"她对汤姆说道，"让我看看你到底是怎么吃的。"

大家都坐好之后，小苏却离开了椅子，径直走到她的祖父旁边，爬到他的腿上。汤姆看着他们。就像所有山里的居民一样，比尔·托利维沉默寡言，不会表达自己的感情，但是现在的情景让他感觉很温暖，他伸出自己的手臂抱住了可爱的小孙女。现在，小苏一定是代替了燕西在比尔心里的位置，她让这个失去儿子的老男人不再感到寂寞。

比尔感觉到汤姆正看着自己，他瞟了一眼汤姆，然后又继续看着孙女毛茸茸的脑袋。

"她很可爱，对吗？"他有点不好意思地向汤姆说道，"对了，汤姆，你是怎么在瑞恩思溪谷找到你要的那些东西的呢？那里没有变吧？"

"那里也不是完全没有变化，"汤姆回答道，"有人住在木屋里。里面的那些物品说明，现在还有人住着。"

大家都对有人住在木屋里面感到很惊奇。"知道是谁吗？"托利维夫人说，"如果是山里的人，我们一定会知道的。可会是谁呢，比尔？"

比尔摇摇头说："我也不知道啊，我都已经很久没有去过那里了。"

比尔说这话的时候眼睛没有看着汤姆。也许他知道的事情更多，但是不愿意在老婆面前说。汤姆很理解他，心想，那就等单独在一起的时候再说吧。

汤姆又往盘子里添了一块烤鹿肉，吃了起来。托利维夫人给他递过来一块草莓派，他也一起吃了。吃完后汤姆摸摸肚子，发出满足的叹息声。

"天哪！真是太好吃了，我不怎么饿都可以吃下这么多。"

"你吃饱了吗？"托利维夫人客气地问。

"要是我还能吃得下，就一定会再多吃点的！不过，我还可以喝杯咖啡。"

"跟你说，比尔，"他凑过去，把杯子递给比尔说道，"今天早上，我穿过我家木屋上面那片曾经被火烧过的地方的时候，看见一头野猪经过那里。那家伙大得不得了，而且很恐怖。"

"它攻击你了吗？"

"那倒没有，不过有一瞬间我感觉它就要攻击我了。"

"我们管那家伙叫'黑魔鬼'，"比尔·托利维说，"谁也不知道

第一章

它是从哪里来的。它是真正聪明的野猪，比六只狐狸加起来还要聪明。我一直在找机会杀死它。"

"既然它那么厉害，你为什么不抓住它呢？"

"我试过很多次了，但是没有用，还白白牺牲了我三条猎犬。其他的猎人也试过，但最后都是以失败告终。它实在是太聪明了。今天你有机会看见它，肯定是因为它知道你没有带枪。"

"你们俩为什么不出门去抓野猪呢？"托利维夫人温和地打断他们的谈话，"我们还有事要做。"

"我很会端盘子。"汤姆开着玩笑。

托利维夫人也开玩笑地说道："我怎么能让男人弄乱我的厨房呢？趁现在没事，你们出去聊聊天吧。"

比尔·托利维推开椅子说道："既然老婆大人都发话了，我肯定得遵命！汤姆，来吧。"

当他们走到门廊的时候，烟灰也起身跟在后面。他们坐在了台阶上，狗儿也一屁股坐在了汤姆旁边，它把鼻子靠在台阶上，它那摇摇晃晃的耳朵几乎都挨着地面了。

"现在，它看起来就像是你的狗一样。这狗显然为自己找到了主人。"

"是的。"汤姆高兴地回答道，同时摸摸烟灰的耳朵问道，"比尔，这里究竟发生了什么事啊？"

"我知道你已经看出来这里面有点问题，"比尔说，他的脸色也变得阴沉起来，"你有权利知道的。"

他沉默了一会儿，望着前面的空地说道："政府法律是一部分原因。他们开会制定了一系列愚蠢的规定，规定了什么是可以射杀的，什么又是不可以射杀的，而且对什么时候能打猎都有了规定。他们派了一个管理员住在这里监督我们。你知道，我自由自在地在这里随意打猎已经有50年了，现在要我遵守那些破规矩，我很难接受。我还是喜欢以前那样，想做什么就做什么。"

"别的还有什么？"汤姆小声地问道。

比尔又沉默起来，思考着该怎么说。烟灰皱着鼻子，对面前经过的一只黑色甲虫很感兴趣，它慢慢地跟着甲虫。

"还有就是那个狩猎监督员。我们是靠山吃山的人，不让打猎怎么生存呢？你知道的，我不是一个胡乱猎杀野生动物的人，但是有很多人在滥杀动物。"

"都有哪些人？"

"我也不是很清楚，"老人继续说道，"他们的头领自称'黑麋鹿'。他们似乎是一群人，他们或者杀死动物，或者买卖动物，还有可能两者都做。他们把动物打包起来卖给饭店之类的地方，要是谁敢多嘴就有危险了，他们有枪，人很多。"

"那你打算怎么办呢？"

"我什么也不会做。"比尔·托利维咕哝道,"倒不是怕'黑麋鹿',我认为那是他们的事,跟我没什么关系,虽然我不喜欢那伙人做事的方法。汤姆,跟你说个秘密,我看见过他们其中的三个人在盐层里下毒杀死了五只梅花鹿,我知道那地方。"

"那你为什么不向狩猎监督员报告呢?"

"要我去帮狩猎监督员吗?我宁愿砍断我的手臂也绝不愿意那样做!我只要管好我自己就可以了。"

"山里的其他人是怎么看待他们的呢?"

"有的害怕,就像我说的那样,但是大多数人都是事不关己的样子。他们也不知道该怎么办啊!有那么多的新规定,还有'黑麋鹿'那一伙潜在的破坏分子。"

汤姆陷入了沉思。他知道从其他山里人那里打听不到更多自己想知道的信息了,比尔已经对他说了很多了。山里似乎笼罩着恐惧和担忧。汤姆开始整理思路:《狩猎法》在这片山区执行了。山区居民被告知他们祖祖辈辈自由狩猎的地方现在要被别人监督了,狩猎会受到限制。因此,少部分山里人不再像以前那样频繁狩猎了,因为他们有充足的食物。但是,现在山里出现了一些陌生人,他们扰乱了这里的宁静,搬进了山里。他们在山里做的事跟大屠杀没有什么区别,那个自称"黑麋鹿"的人很显然就是最大的威胁。

"我认为必须跟那群人说清楚,比尔。"汤姆最终说道,"这样下去可不行啊。"

"要是他们逼得我们没法生存的话，我不会袖手旁观的。"老人冷静地说道，"你会在山里待很久吗？"

"不会太久的，但是由于目前的情况，我会多留一阵子的。"

"很高兴你能这样做，孩子。我要给你一支步枪和一根鱼竿，你先把这些东西收起来，下次我路过你那里的时候再给你带些东西。你那里可以弄到足够多的小虫吗？"

"现在还可以，比尔，谢谢你为我做的所有的事。现在我该回家了。"

比尔去找步枪和鱼竿了，汤姆坐在那里，陷入了沉思。他听了老人的那些话之后内心翻腾了起来，他想了很多，但有点理不清头绪。虽然比尔没有说，但是汤姆怀疑有些山里人正在为那个恶魔一样的"黑麋鹿"工作。因为，外来的人需要熟悉这里的环境才能知道哪里的猎物多。但是他们会是谁呢？是比尔认识的人吗？汤姆杂乱地思考着。

当老人回来的时候，托利维夫人也跟着到了门口。

"怎么这么快就要走呢？年轻人，你还没有告诉我们，这些年你都做了些什么呢！"她想要挽留汤姆，说道，"你现在可不能走。"

"我要回去了夫人。"

比尔把枪和一大把子弹，还有鱼竿递给他。他们一起来到了门

第一章

廊那里，烟灰跟着他们。

"我不知道是谁住在你的木屋里面，汤姆。"比尔提醒汤姆道，"你最好查出是谁。烟灰的鼻子很灵敏的，要是有人靠近的话它闻得出来，但是你自己还是要多加小心，它傻到向陌生人摇尾巴也不是不可能！"

烟灰听到自己的名字就把头抬了起来，它那下垂的下巴让它的表情看起来很悲伤，汤姆看着它不由得笑出声来。

"是不是你让它伤心了啊，比尔？现在它一定很高兴可以离开你了。"

"也许是吧！"比尔嘟囔道，"但是没有绳子拴着，不知道它会不会跟你走。我去拿一根来。"

比尔进了谷仓，同时汤姆走向牲口棚的门。斑纹马已经靠近栅栏的边上了，它急切地想要离开那群牲口。汤姆走进牲口棚，牵着皮特走出来，然后开始给枪装子弹。这时候，比尔出来了，他将一根大约四米长的绳子系在烟灰脖子上的皮圈上走了过来，然后把绳子的末端递给了汤姆。

"孩子，你家离这里也不远，只要你愿意随时都可以来。我们随时欢迎你。"

"谢谢你，比尔，我会经常来的。"

汤姆把枪挂到腰间，骑上马，坐稳后便向着小路出发了。皮特高兴地一路小跑着，汤姆满意地点着头，感叹这匹马可真是聪明。从自己家到托利维家的路它只走过一次，现在不用指挥，它就能够沿着同一条路往回走。烟灰跟着他们，时不时地回头看看。汤姆拉住皮特让它停下来，然后对这只大狗说道："来吧，孩子。别担心！我在这里。"

烟灰看着他，摇起了尾巴，然后安心地跟着皮特一路小跑起来。

汤姆用赞赏的目光看着它。烟灰是一条很特别的猎犬，它和别的狗完全不一样。它很有主见，不会看见其他狗一跑就跟出去，它坚持做自己认为对的事情。有这种特质的狗儿最好不要待在有很多狗的家里，如果谁只想要养一条狗的话，那么它就是最好的选择。烟灰已经表现出想要找到适合自己的主人的那种意愿了，而且看得出来，它很喜欢汤姆。

他们穿过森林，来到一座山坡前，皮特毫不犹豫地往上爬。它在岩石中找到合适的路，让自己走起来轻松一点，因为这里实在是太陡峭了。这会儿，烟灰走到了前面，它四处嗅着，但是它把距离控制得很好，不会干扰到马儿。从这一点就可以看出，这条烟灰色的猎犬曾经和马一起赶过路，这样想着，汤姆对它就更满意了。

汤姆记得这些山上曾经是很安全的，要是不打猎的话是没有人会带枪防身的。当然，那时候这里总是有一些不守规矩的居民，但是他们很少作恶。很显然，现在一切都变了。现在的山区掌握在一帮带枪的人手里，就连这里的老居民比尔·托利维都不得不小心谨慎。谁是"黑麋鹿"呢？又是谁在帮他？他们屠杀那些野生动物要做什么呢？住在自己木屋里的人也是和他们一伙的吗？

想着想着，汤姆已经再次来到了那片被烧过的山顶，他放松了缰绳，握紧挂在马鞍上的鱼竿。他把枪拿在手里，提高了警惕，四处寻找野猪的身影，但是他什么也没有看见。他把烟灰牵到早上看到野猪的地方去检查。大狗顺从地闻了闻，然后抬起头来，好像是在问要怎么做。看到它的脸，汤姆忍不住又笑了起来，笑它那老是一副别人欠它钱不还的样子。然后，汤姆策马朝山坡下面的木屋跑去。其实，他也不知道自己想让猎犬做什么。

在离木屋还有400米远的时候，烟灰突然停了下来。它站在那里，一只前爪往回卷起来，就像它在指着树上的鸟一样，同时它的喉咙里发出了低吠声。汤姆弯腰向前，试着看清小路上方的树上到底有什么东西，却什么也没有看见。汤姆向烟灰轻松地吹了声口哨。这么远的距离难道烟灰是闻到了木屋那边的气味吗？那太难以置信了，难道是什么别的东西？

汤姆骑着马缓慢地前进，他把枪举起来，同时仔细地看着烟灰。烟灰紧张地前进着，它往前走的时候拉扯着挂在脖子上的皮圈，同时还测试着风向。汤姆猜它肯定是闻到了木屋或者是木屋里的人的气味。接着他们走进了木屋前的空地。

他们首先看到的是一匹和皮特有着一样斑纹的马被绑在门廊的栏杆上，汤姆猜它一定是皮特的兄弟。马儿旁边坐着一个人，那人悠闲地跷着二郎腿。皮特发出嘶鸣跟那匹马打招呼，那匹马儿回应了一声。那个人看见他们后，站了起来。

原来是昨天那个挡住汤姆去路的红头发的人。

三　挑　战

走近一点之后，汤姆注意到这个人换下了昨天穿的牛仔衬衫，穿上了一件洗干净的羊毛衫，而且还用碘酒处理了昨天的伤痕。他的身上还带着左轮手枪，同时，栏杆的台阶上还放着一支步枪。

"你好啊，汤姆！"陌生人向他打招呼，"我认为我最好等你回来跟你解释一下我为什么要用你的木屋。"

"的确如此。"汤姆笨拙地回答道，"屋里是空的，而且你是个外地人。"

"我是外地人，"红头发的人冷冷地回答道，"但是我正在熟悉这里的一切。"他指着自己伤痕累累的脸颊继续说道，"我是巴克·布伦特，是这一地区的狩猎监督员。"

汤姆下了马，心里想着，他就是那个不受欢迎的、给山区带来狩猎规则的人！不管怎么说，有一个谜团算是解开了。

"和'黑麋鹿'一起，是吗？"汤姆含糊地问道。

监督员严厉地看了汤姆一眼说道："我的工作是强制执行狩猎规则，这是我全部的工作。"

此时，烟灰仍然紧拉着绳子。汤姆走到门廊那里，把自己的步枪靠在栏杆上。烟灰仔细地闻了闻这个陌生人，它带着一种侦探一样的好奇心检查着这种新的气味，而且还将它记在了自己的脑袋里。之后，烟灰满意地趴在了门廊那里，不再关注那个人了。

"听我说，汤姆。"监督员突然说道，"我昨天去戴尔山城调查过你。鲍勃·哈尔沃森说你是一个守规矩的人，你的父亲也是。他说你父亲是一个很遵守狩猎规则的人，甚至在那些规则成为法律写进书里之前他就开始遵守了。你的父亲总是想着留点东西给其他人和下一代。因此，你也是这样的。我需要一个熟悉山里环境的人，一个能帮我清理这个烂摊子的人。你愿意吗？"

"这里的人都是我的朋友。如果你认为我会帮你去逮捕那些为了生存而猎杀了一些小动物的人，那你就大错特错了。"

监督员笑了笑说："我的意思并不是说是你的朋友们造成了很大的危害，虽然他们现在有些不满，但是我会跟他们讲道理，他们会服从管理的。但是，这片山林深处的动物正在被屠杀，像是在市场上一样，他们是有组织的。你已经听说过'黑麋鹿'这个组织了。每个人都知道他们的所作所为，但是没有人愿意站出来举报他们。我不能把他们绳之以法，部分原因是他们太狡猾，而这片地区又太广阔了，但最主要的原因是你的山区朋友们从来都不愿提起他们！可他们认识你，愿意跟你说。"

汤姆摇摇头说："我只告诉你他们是我的朋友。我想，我还是管好自己就好了。"

"你跟他们一样！"巴克·布伦特突然愤怒地吼道，"你们只看得到眼前的事！没错，我知道比尔·托利维，还有二十几个像他一样的猎人从一岁开始就在这一带打猎了！但是，难道你认为他们永远都能以打猎为生吗？可以猎杀的动物已经没有那么多了。野生动物是所有人的，不是那几个人的！我希望你们所居住的山区有一天将变成一个美丽的休闲区，外面的人们都想来这里看看大自然的风光。这不是你或者你那些朋友可以阻止的！我们有法律支持，我们将会胜利！已经有一部分人看到那一天了。"

"谁呢？"

第一章

"那些卑鄙的人，那个自称'黑麋鹿'的人就是其中之一。要不然他现在为什么要如此迫切地杀光山里的动物呢？因为他知道，时间拖得太久的话他就更不可能成功了。我们会找到他们的交易地点，抓到那些买卖野生动物的、没脑子的人。我们也会抓到'黑麋鹿'和那些帮他的人！"

　　汤姆被他的话感动了。这个监督员是个热心肠的人，而且愿意公开和恶势力作对，汤姆不得不佩服他的热情和勇气。要是这件事只涉及"黑麋鹿"而不牵扯上他的朋友的话，汤姆还是很愿意帮忙的。

　　"对不起，我不明白你要做什么。"汤姆吞吞吐吐地说，"只不过——"

　　"我明白了，"巴克·布伦特粗暴地打断他说，"那是你的选择。朋友，我会搬走我的东西，坚持我的选择。"

　　"你没有必要太计较，"汤姆回答道，"这木屋比较大，我们两个人住一段时间是没有问题的。"

　　"我认为你的伙伴们可不这样认为。"监督员冷笑道。

　　汤姆的脸顿时变得通红，他有些尴尬地说道："这是我的木屋，没关系的。"

　　"你真的这样想吗？"红头发的人问道。

　　"是的。"

　　"如果是这样我就再住几天，直到找到住处就搬走。遇到你是我走运。"

说完，这个性急的监督员就拿起步枪，上马沿着小路走了。

汤姆目送他离开，很想叫他回来，因为他也不愿意看到山林里的动物被别人猎杀卖到市场上。可以说，没有哪个山区居民愿意那样的事情发生，如果真有当地居民参与其中的话，可以肯定的是，他们一定是受人指使的，而且是受到外来的人指使。山林养育了他们，所以汤姆本能地憎恨所有违反森林规则的人。

在汤姆牵着马儿来到牲口棚帮它擦洗的时候，他重新考虑了监督员的提议。两个人有可能成功，要是只有他一个人的话，那毫无疑问一定会失败的。成功就意味着可以打败那个在山区偷猎的组织，让山林变得祥和。但是有哪些人加入了'黑麋鹿'组织呢？他们当中肯定有汤姆认识的山里人。

"不会这样的。"汤姆最后嘟囔着对皮特说，"在这里胡思乱想，不如做好我自己的事。"

当汤姆回到木屋的时候，烟灰正站在那里，头抬得高高的。它正在检查从风里传来的气味，那样有可能通过鼻子知道巴克·布伦特走的是哪个方向。只有极少数品种优良的狗才可以辨别从远处传来的人的气味，现在它一定是闻到了监督员的味道。汤姆若有所思地看着这条大狗。

"是的，你的鼻子很灵敏，"汤姆说，"我年轻的时候也训练过

第一章

两条猎犬。既然我已经收下了你，就绝不会让山里那些冷血的猎人靠近你。过来，烟灰。"

那条烟灰色的狗把前爪搭在门廊上准备朝汤姆走过来。当烟灰抬起头来的时候，汤姆又看见了那张永远悲伤的脸，他又笑了。汤姆相信一句话——一条好狗总是把主人视为自己的朋友。汤姆认为，他在烟灰的眼睛里看到了它对自己的依赖和信任。狗儿一定是觉得自己找到了一个好朋友，而不仅仅是一个主人。汤姆蹲下来摸摸烟灰的耳朵，烟灰把自己的下巴放在汤姆的腿上，心满意足地叹了口气。

"就连比尔也不知道像你这样的猎犬为什么不愿意追猎物。"汤姆一边站起来一边说，"无论如何现在是时候找出答案了。"他拿起步枪，牵起套着烟灰的绳子出去了。

黑色野猪留下的脚印已经有好几个小时了，但是像烟灰这样有灵敏鼻子的好猎犬还是可以闻到那味道跟踪到猎物的。汤姆对于这只猎犬可以找到那头大野猪并且抓住它不抱什么希望，他只是想要看看在狩猎追踪的时候烟灰可以做些什么。如果它能学会狩猎的话，对将来的行动会有帮助的。

皮特在他们经过牲口棚的时候发出焦虑的嘶鸣声，但是汤姆这次并不打算带着它一起去。因为烟灰已经证明了它可以跑得像马那么快，在教它狩猎的时候最好还是步行，这样他才能更好地把精力集中在猎犬身上。

当他们到达那片烧过的山顶的时候，汤姆掉队了。猎犬犹豫起来，在看见汤姆之后它才又继续前进。突然，猎犬停了下来。它把头抬得高高的，在空气里嗅着，同时抬起一条前腿，像指针一样。它做出一些不确定的动作，一定是不确定那是什么气味，而且想要弄清楚。

汤姆把手腕上的绳子解开，退到一边，给烟灰一些空间。他什么也不说，什么也不做。现在去打扰它或者指挥它都没有什么必要，那样只会影响它的积极性。

烟灰来回地走着，检查着可能传来那种气味的每一个方向。接着，它直接看向汤姆曾经看到野猪的地方。有一会儿，它站在那里一动不动，它是要确定方向，还要确定那个味道是不是自己闻到的。紧接着它缓慢而有节奏地往前走。

汤姆赶紧跟着，要让绳子足够长，方便烟灰活动，同时给它留足自由发挥的空间，以免打扰到它。汤姆兴奋极了，看来比尔是错误地估计了烟灰——烟灰不仅仅是一条猎犬，更重要的是，它是个天生的猎犬。它凭自己的想法就找出了野猪的气味就可以证明这一点。如果烟灰真是这样的话，那么汤姆只需拥有这一条猎犬就可以比得上别人的一群了。因为，仅仅根据过去很久的足迹就追踪到气味的猎犬，绝对是凤毛麟角了。

第一章

　　烟灰是一只行动缓慢而且谨慎的猎犬，一只在不能确定自己行动方向之前不会乱动的猎犬。它把自己的口鼻贴到地上，仔细地嗅着。接着，它又退回去验证自己刚刚闻到的是不是自己想要找到的气味。然后它又十分缓慢地走进了树丛里，它的头始终保持贴近地面，这样它才保证自己的鼻子靠近那种难以捉摸的气味。

　　汤姆高兴地跟着它。几个小时过去了，烟灰还是缓慢但是确定地追踪着那头野猪的足迹，这足以说明它具有灵敏的鼻子和超群的捕猎天赋。就算是比尔最厉害的猎犬也没有办法根据过去这么久的脚印来如此精确地追踪到猎物。老比尔错过了一条好猎犬，随随便便地就把它送给了汤姆。

烟灰在一个路口闻不到野猪的气味了，它一步一步地来回走着，寻找着。汤姆耐心地等着它。很明显，是太阳光让那些气味变淡了。在这种燥热的天气里，那些气味暴露在阳光下很容易变淡。要想在这种情况下追踪到气味，困难是难以想象的。烟灰最终居然还是追踪到了，这简直太不可思议了。它来到了被烧过的那座山的边缘，直接往森林里跑去了。

汤姆皱起了眉头。因为野猪是一种很有野性的动物，而且十分狡猾。独自去追踪它的足迹简直是令人难以置信的，至少得保持一定的距离吧。但是，烟灰没有一丝犹豫，汤姆有一点不情愿地跟着。一条好狗的鼻子比任何一个眼睛敏锐的人都要灵敏。如果一个猎人不能训练自己的猎犬，那还不如没有猎犬。烟灰的鼻子究竟值不值得信任马上就可以知道了。

猎犬在小路上转变方向来到了树丛里。汤姆继续跟着，边走边拨开果实已经半熟的美洲越橘树丛。他的信心又回来了。所有的野生动物都是独居的，那头野猪也许是由于自己的原因想要在人类的小路上走一走，接着它又返回了它本该走的路上。

汤姆跟着烟灰沿着一个被太阳晒得开裂的斜坡往下走，然后就

第一章

到了有许多白杨点缀着的山谷。汤姆往前看去，山谷的远处连接着另一个斜坡，山谷和斜坡的连接处有一棵松树，像个哨兵似的站在那里。烟灰向着那棵松树的方向跑去。汤姆停了一下，擦擦脸上的汗水又继续前进。

烟灰加速跑了起来，汤姆也不得不跑起来才能赶得上它。烟灰直奔那棵大松树，绳子都紧紧地绷直了。到了树下它直接一跃跳上了树干。

汤姆站在树下，猎犬的行为让他很不解，因为野猪肯定是不会爬树的。烟灰到底是怎么想的呢？难道它追踪的气味是熊或者什么猫科动物留下的，因此它才会爬上树费力地寻找？想到这儿，汤姆有点生气地厉声吼道："快下来！"

这只大猎犬顺从地从松树上跳下来，它踌躇着站了一会儿，接着又冲进了树丛，跑进了一片高大的树中间。汤姆虽然跟着它，但是心里越来越疑惑。那只猎犬为什么毫无征兆就冲出去了呢？一般的猎犬是不会这样做的。很明显，它还在追踪猎物。汤姆不得不相信自己看到的。

到了森林深处，烟灰突然又停了下来。它站在那里抬起一条前腿，紧张得全身都在颤抖，嘴里还时不时地发出低低的吼声。汤姆走过去让猎犬安静下来。前面是一条小路，烟灰正看着那条路——一定是有什么东西从那条路走下山了！

汤姆缩短了套着烟灰的绳子，把猎犬拉过来靠近自己。接着，汤姆顺着树往山下一溜小跑，从这棵树到那棵树，接着又是另外一棵树，直到他可以看清楚小路的尽头。然后，汤姆看到了令他不敢相信的事。

沿着小路往下走，汤姆看见了一个没戴帽子的小个子男人，他那参差不齐的棕色头发有点卷曲。小个子男人透过厚厚的框架眼镜望着远方，他把脚抬得很高，但是却很仔细地轻轻放下来，那样就不会发出太大的声音。他穿着蓝色的运动衫、蓝色的裤子和软底鞋，很明显不是当地人。这个家伙出现在这里比一辆有轨电车开到这条小路上更让人奇怪，因此汤姆仔细地观察他。接着，汤姆注意到他手上拿着一把丑陋的黑色手枪。

汤姆走得很慢，企图让那个人走在前面。那个人弯下腰好像在寻找什么足迹似的，接着他起身四处看看，在继续前进之前又仔细听了听周围的声音。

汤姆在走到他跟前的时候，突然开口说话了。

"你掉东西了吗，朋友？"

那个小个子男人迅速地转过身来，他那本来有点凌乱的头发被风一吹又变换了造型。他举起手枪，接着又放了下来，而且还紧张地笑了——听他说话就知道。

他说："哦，亲爱的，是的！我的意思是，不是！我没有掉东

第一章

西！"

"跟一个掉了东西的人比起来，你看起来似乎是遇到更严重的问题了。"

"我在寻找一头野猪。"小个子男人解释道，"有一头黑色的野猪在这片树林里出没。我是查尔莫斯·加索尼，我正在研究山里的野生动物，这样我就可以写关于它们的文章。我认为我找得到野猪的踪迹。"

"这么说你是一个研究野生动物的学者，是吗？"

"这是我的职业，"查尔莫斯·加索尼自豪地说道，"我致力于研究野生动物。"

"你打算在一条开阔的小路上寻找野猪吗？难道你希望看到它像一只豪猪一样慢吞吞地在路上走？"

"我假设它会走到这条路上来也不是不可能的。"

"是的，有可能。"汤姆同意地说道，"那么，你看到它的足迹了吗？"

"我爬上了那片被火烧过的山顶，那头野猪最近一定是经过那里。"

"的确如此，"汤姆说，"我看见过它。它看起来是个巨大的野兽，而且它的眼睛长得很丑。如果你不能用你拿着的枪击倒它的话，它可以在两秒钟之内把你撕碎。"

"我觉得我可以保护自己，谢谢你。"小个子男人顽固地回答道。

烟灰直接走过去仔细地闻着查尔莫斯·加索尼。汤姆气馁地看着这只猎犬，心里想着：老比尔说得一点也没错。烟灰天生是追踪人的猎犬，它对所有的狩猎活动都不感兴趣。原来它一直都在追踪查尔莫斯·加索尼。现在，它正在满意地闻着它追踪到的气味。汤姆抬起头来说："为什么你要爬上那棵大松树？"

"我认为从上面俯瞰的话有可能看到黑野猪。"

"那你应该看到我们在山谷里啦？"

"是的，我还想知道为什么你的狗要追踪我。它是侦探犬吗？"

"它有侦探犬的血统，"汤姆说道，"但是我不知道它是在追踪你。我还以为它是在追踪野猪呢。"

小个子男人同情地笑了笑说："没关系，祝你下次好运！要是你不介意，我要继续做我的研究了。"

"你请自便。但是小心哦，野猪很凶猛的。"

"谢谢啦！"小个子男人说，"我会小心点的。"

那个自称研究野生动物的人沿着小路继续往下走了。汤姆直接穿过森林朝自己的木屋走去。

汤姆觉得查尔莫斯·加索尼既搞笑又奇怪。在他离开山里的这几年中，这里发生了许多奇怪的事，这个小小的自然爱好者倒是汤姆意想不到的。难道他只是一个不切实际的人吗？难道他在松树上

第二章

看到了汤姆和烟灰，还以为他们是在追踪他吗？也许他只是沿着他来的路回去！

不会吧，那也太荒诞了。那个小个子男人一定不是住在山里的人，但是不排除他曾经有机会跟着登山的人带着枪和猎犬来过的可能。汤姆摇摇头。自从他回到戴尔山城之后，听到、看到了太多不平常的事，他已经开始怀疑每件事和每个人了。

当然也不是只有坏事情，至少他知道了一件事，那就是烟灰更像侦探犬而不是普罗特猎犬。汤姆希望这条大狗可以帮助自己追逐猎物，但是它显然做不到。汤姆也没有什么兴趣再打猎了，所以就没什么必要再训练猎犬了。它可以作为好伙伴陪着自己，因为要是巴克·布伦特离开的话，小木屋里就没有其他人了。汤姆无奈地耸耸肩。

当他们走到木屋前的空地的时候，烟灰冲着木屋发出轻声的咆哮。汤姆并没有在意，直接走到了门廊那里。突然，他停住了脚步。

他发现，在自己离开的这段时间里有人来过这里。烟灰的咆哮声应该是对自己的警告。这时候他发现门上有一张字条，连忙扯下来看了两遍。

看过字条之后汤姆气得全身发抖，一股强烈的愤怒像洪水一样不断往上涌。有人在警告他，让他离开山里，否则后果自负。他生气地捏着字条。他本来不想惹麻烦的，但"黑麋鹿"组织却给他找麻烦。所以，汤姆决定接受挑战。

这时候，烟灰又发出了低沉的警告声，同时转向空地那边的小路。汤姆牵着烟灰走到门里面，手里已经准备好了步枪。

一分钟之后，巴克·布伦特走了过来，他在牲口棚停下来，把他的马跟皮特拴在一起。然后，他朝木屋走来，汤姆已经站到了门廊那里，拿出纸条给他。

"你看看。"

巴克·布伦特展开纸条看了起来，然后有点嘲讽似的看着汤姆。

"你怎么看？"

"你还在找人帮忙吗？"

"那你知道你要做的是什么吗？"

"我只知道没有哪群流氓可以把我从山里赶出去。"

"那你自己的事怎么办呢？"说这话的时候监督员的脸上已经露出了笑容。

"这就是我要做的事。"

巴克·布伦特从自己的包里拿出一个皮夹子，并取出两张纸说："那就签上名字吧。"

"这些是什么啊？"

"你的任命书。一式两份，一份将返回总部，另一份你留下。"

汤姆二话不说就在两张纸上都签上了字。

第一章

四 夜 袭

"现在，"监督员收起其中一张纸说道，"说说你为什么愿意做这份工作。"

"你是什么意思？"

"你一点儿也不了解我。我在第二次见到你的时候就邀请你参加监督员的工作，但是被你拒绝了。现在，你收到一封恐吓信就改变了主意。难道你只是借参加这工作来保护自己吗？在有人要伤害你的时候你可以用法律保护自己，是吗？"

汤姆沉默了一会儿。他根本就不是那样想的，但是那个红头发的监督员不是傻子，他那样推理是很合理的。

"我不知道。"汤姆尴尬地回答道。

"怎么会不知道呢？"

"我想要接受这份工作。如果'黑麋鹿'组织要追杀我的话，我无论如何也要打败他们。只是，只是……"

"只是什么啊？"

"我以前见过这种事。我离开山里的五年里，有两年是在11区。在那里，矿工们往往会因为口袋里有点钱就被人残忍地杀死在大街上。那里没有人管，只能自己保护自己。后来，镇里的一个长官到11区做了整顿。在我离开的时候，11区已经是一个守法的街区了——

不带枪也不用担心会有危险。我从没有想象过我居住的山里也会出现这种情况，但是现在事情发生了。我虽然不喜欢有人阻止我们随意打猎，但是我更不能忍受有人威胁我离开我的家乡！"

"如果你只是想依靠法律做掩护，那你就错了！"监督员警告汤姆说，"有朝一日，狩猎监督员在这一带将是受人尊敬的。虽然现在还被人们认为是游击队员，随意地袭击无辜的违法者，但是随着他们跟监督员在一起的时间越来越多，他们会改变看法的。因为，要是你在履行自己的职责的时候杀死了一个违法的人的话，除非你有充足的证据证明你是正当防卫，否则你将以谋杀罪被起诉。"

"我不会杀任何人。"

"我知道你不会，但是你自己必须遵守法律，而且还要坚决执行。要是你在执行任务的时候抓到你的一个朋友违法了，你会怎么做？"

"我也不知道。"汤姆坦率地说，"我会等等，再观察一下。"

巴克·布伦特沉着冷静地看着他说：""好吧，到时候随你怎么办。我们有比检查每个人的周末晚餐更重要的事。"

"对于'黑麋鹿'组织，你了解多少？"

"不多，"监督员叹了口气说道，"我只知道他们那一群人总是同一时间出去打猎。他们会使用各种手段，篝灯、陷阱、网，很可能还有毒药。我猜他们一定买了他们知道的所有工具来捕猎。他们

第一章

用渔网和炸药抓鱼，特别是抓鲑鱼。我可以确定的是，他们的幕后指挥者十分聪明，而且福瑞德·拉尔森是他们中的一员。"

"你是怎么知道的？"

"只有他才有足够多的马提供给他们。"

"那你为什么不抓住他呢？"

"我要先找出是谁和他一起工作的。山上有太多人，查起来很困难。"

"顺便问一下，你有没有碰到过一个叫查尔莫斯·加索尼的小个子男人？"

"碰到过，他只是个没有恶意的捣蛋鬼。他住在戴尔山城旅馆，他的大部分时间都花在寻找动物的足迹上。他说他想要写书。你看见他了？"

"我今天看见他了。"汤姆笑着说，"或许你可以把他也一起雇用了。"

"在追踪方面他还是很有用的。"巴克严肃地说，"我们要争取一切可以帮助我们的力量，我已经找到了一些帮手。明天，有个叫约翰尼·马格鲁德的人会来。他是个不错的人，也很热心于监督员这项工作。"

汤姆看着他说道："这样看来，没有什么好担心的了。我会帮你把他们一网打尽。"

"真的吗？别开玩笑了，大男孩。他们来的时候我也会在这里，如果约翰尼及时赶到的话，我也会安排他留在这里。他们不会大白天来的；有可能是今晚八点左右或者明晚。如果他们想要伤人的话，他们也不愿意被别人看见。"

"难道他们就不怕这里的司法长官吗？"

"这个地区的司法长官？"巴克·布伦特轻蔑地说，"他就像警车的警铃一样没用。而且，他不但不怀疑那些偷猎者，反而怀疑起我来了。"他想了一会儿接着说道，"我马上骑马去戴尔山城一趟，给约翰尼·马格鲁德发电报。我要告诉他不要去城里了，直接来你家里；他可以在城里下车，直接走克莱萨那条路。那样的话，在'黑麋鹿'来赶你走的时候，就会发现有三个男人在这里，那一定会很有趣。"

"肯定是那样的。"

监督员去牲口棚牵马了，回来的时候停下来对他说："待在家里哪儿也别去，我今晚就回来。要我帮你带什么东西回来吗？"

"帮我带一盒点三零口径的枪可以用的子弹，还要一些钓鱼用的虫子。告诉鲍勃都记到我的账上。"

"是记到我们的账上！"监督员纠正道，"再见啦！"

巴克走后，汤姆傻傻地站在那里，他对于自己所做的事感到有点儿惊讶。第一次受到巴克的邀请做监督员的时候，他还有一种愤

第一章

怒的情绪，但是现在事实已经摆在眼前了。要是对于那些坏人坏事不站出来做点什么的话，以后山上就没有什么猎物可供比尔·托利维、维恩·麦克劳德、汉克·贾米森或者山里的其他居民猎杀了。汤姆想到了自己的父亲，他也像山里的其他居民一样，完全靠打猎为生。但是，他是一个公平的猎人，只要弄到足够自己用的就不会再猎杀动物了，也不会在一个地方不断地狩猎或者捕鱼，以致所有的动物都所剩无几。他总会留下一些动物。

汤姆挠挠烟灰的耳朵说："你觉得我的运气怎么样？我才到家一天就得到了一匹新马、一条新猎犬和一份新工作！哦，晚餐时间到了。"

他把步枪拿进了木屋，拿出了鱼竿。鱼竿是汤姆以前用劈开的竹子做成的。他把鱼竿拼接起来，检查一下还可不可以用。鱼竿很轻，却很结实，在汤姆的手里鱼竿好像是有生命似的。汤姆的脸上露出满意的笑容。在钓鱼的时候，要是工具不错而且使用恰当的话，那将是一项很有趣的活动。

他先把渔线绕到鱼竿上，把浮漂挂在渔线上，鱼钩上穿上一条虫子。汤姆谨慎地往溪边走，烟灰跟在他的后面。到了溪边，汤姆把渔线投到水中，上面的虫子也随着沉入水中，水面就出现了小小的涟漪。就这样静静地过了一会儿，突然汤姆看到鱼竿像魔杖一样弯了下去，就像是有很大的鱼在鱼竿的另一头野蛮地反抗一样。汤姆拿着鱼竿牵引着鱼在水里游动，直到鱼儿累得再次拼命挣扎。接着汤姆把鱼拉到岸边，然后直接拉上了岸。那竟然是一条重达两斤多的虹鳟鱼，他都不得不佩服自己了。天不早了，汤姆有点不舍地看了小溪一眼就转身回家了。多钓一些鱼应该会很有趣的，但是他家里已经有足够多的鲑鱼可以给自己和烟灰做晚餐了，再钓一些只能是浪费。同时他还笑着告诉自己，他现在已经是一个狩猎监督员了。

当汤姆煮好鲑鱼和烟灰分享的时候，夜幕也悄悄地降临了。吃完饭，汤姆把餐具放在原地，抓住桌子的边沿把桌子拖到窗户下面。接着他又把椅子推到桌子前面，还在桌子上放了一盏灯。

然后他翻看起了壁橱里的旧衣服，看到了那件牛仔衬衫，就是他第一次看见巴克·布伦特时巴克穿的那件。汤姆在那件衣服里面塞满了破布，然后扣上纽扣，把它放在椅子上支撑起来。他看着自己的杰作，那看起来就像是……

"跟我走，烟灰。"他说，"我有个好主意。"

烟灰跟着他出去了，皮特发出嘶鸣声和他们打招呼。汤姆记得他曾经看见一个废弃的蜂窝挂在溪边的柳树上。那个蜂窝现在蜜蜂用不上了，但是对他还有用。他在黑暗中摸索着找到了那个蜂窝，然后把树枝砍下来，连同蜂窝一起扛回了木屋。他仔细地把蜂窝放在衬衫的顶端，又把灯稍微移动了一下，然后走到外面去看。接着再回到屋里把灯光调暗，然后又到门外去看。

那件衬衫和蜂窝组合起来，看上去很像一个人弯腰趴在桌子上。要是有人来抓他的话肯定会有点紧张，即使想射击的话，也不会靠得太近。汤姆让灯就那么燃着。他把烟灰叫到自己旁边，把枪放到膝盖上，在门廊的一个黑暗角落里静静地等待着。

一颗苍白的星星出现在天空中，接着一颗又一颗星星出现了，天空中突然像是开了花一样出现了成百上千颗星星。就这样，一个小时悄然过去了，什么也没有发生。

突然，烟灰抬起头来，低吼着，并且站了起来。汤姆把它按下来，但烟灰绷紧自己的神经又站了起来，同时喉咙里不断发出低吼声，死死地盯着前方的小路。

汤姆从门廊那里闪到木屋的阴影里，同时把烟灰按到了地上。这次烟灰没有动，它知道如果汤姆要它趴下，它最好待在那里别动。

这时候安静极了，任何一点轻微的移动都可以引起注意。汤姆把枪举起来，紧张地看着四周。烟灰静静地待在那里没有动，它的全部注意力都集中在那条小路上，观察着谁会从小路上走来。一个昏暗的人影从树林里走到空地上。那个人慢慢靠近，距离已经不到十米了，汤姆突然厉声说道："站住，别动！"

那个人影顿时停住了。不一会儿，暂时的安静被巴克·布伦特的笑声打破了。

"放轻松，汤姆。"

汤姆收起枪走了出去，看到巴克的肩上扛着一个包袱。巴克笑了起来，露出洁白的牙齿。

"你怎么知道我回来了？"

"烟灰两分钟前就发现有人靠近这里。它的鼻子真灵，我开始相信它了。"

"那很好，要是你的狗真有那么厉害的话，可以肯定的是，没有人可以偷袭你了。"

"我也是这么想的。你的马在哪里？"

"我把它拴在树丛里了。这样的话，要是那些家伙今晚过来，他们会以为这里只有一个人。"

"但是现在还没见到他们的影子。"

"不要着急，年轻人。给，这是你要的点三零口径的枪用的子弹。我还给你带回来许多食物。"

"放到屋里去吧。"

汤姆带着他进了屋，然后把桌子上的灯调亮了一些。巴克·布伦特把包袱放在一张空椅子上，然后带着点消遣的意味看着汤姆的杰作。

"那应该是谁呢？"

"当然是我啊。要是我以前没有被蜜蜂蛰过，我也不会想出这

个办法。"

"嘿，那不是我的衬衫吗？"监督员问道。

"当然了，我可不愿意我的衣服被打个洞。"

"你不觉得这有点儿愚蠢吗？"巴克笑道。

"那要看他们的距离了。你出去看看就知道了。"

汤姆把灯光调暗，然后和巴克一起走到外面。巴克从窗口往里看，不由得暗自发笑。

"这还真有可能奏效。天才，你有什么计划？"

"能想到这个办法，我真是太聪明了，现在除了等待就没有什么可做的了。"

他们俩一起藏在木屋的影子里，烟灰蜷缩在他俩中间。夜越来越深，汤姆把灯吹灭了。一切都很正常，难道是袭击者害怕暴露自己？还是他们也在等待，等着灯光熄灭？

"不如睡会儿吧，"巴克低声说道，"留一个人看着就可以了。我先睡会儿，一小时后再换你怎么样？"

"好吧！"

巴克慢慢地躺到草地上，枕着手臂很快就睡着了。烟灰也已经在汤姆旁边打起了盹儿。外面的森林里一会儿传来猫头鹰的叫声，一会儿传来狐狸的叫声。汤姆也开始打瞌睡了，但他还是坚持守着。他看着银白色的月亮慢慢地从群星中升起来。巴克已经睡了一个多小时了，汤姆伸出手去戳他的肋骨。监督员马上就醒了，他知道没事发生，只是该换他守夜了，于是仍静静地躺在那里不愿意动。

"你守一会儿吧，我太困了。"

"好吧。"

"注意烟灰。要是有什么人靠近的话它会警告你的。"

汤姆躺倒在草地上，他对自己说保证一小时后醒来换监督员睡觉。没什么好担心的，因为烟灰会提前发出警报的……想着想着，汤姆睡着了。

突然，汤姆匆忙地坐了起来去拿步枪，他发现"黑麋鹿"不知不觉地靠近了。那个坏蛋还试着烧毁木屋，火光已经照到脸上了，好像要活活烤死他一样。他正挣扎着，然后就醒了。原来这是在做梦啊！

汤姆揉揉眼睛，发现自己被早晨的阳光照射着。烟灰还趴在他身边，却没有看见巴克。接着，汤姆闻到了美味的烤熏肉的味道，还有新鲜的咖啡味儿。这时候那个红头发的监督员走到了走廊上。

"难道你要睡一整天吗？"

"你为什么没有叫醒我啊？"

"你的睡姿看起来漂亮又平和，我不忍心叫醒你。还有，我开始对你那条狗那耷拉着的耳朵感兴趣了。"

"你听到或者看到了什么吗？"

第二章

"除了两只梅花鹿和一只公麋鹿飞奔过这片空地外，我什么东西也没有看见。过来吃东西吧。"

汤姆拿起步枪进了屋，坐到了巴克准备的一大堆薄煎饼和一大盘烤熏肉前面。他大口大口地吃着，直到吃得很撑，才推开椅子把剩下的薄煎饼一张一张地扔给烟灰。

"守了一晚上没有一点儿收获。"监督员若有所思地说着，"他们今晚一定会来，除非'黑麋鹿'组织的人走了。"

"那今天做什么呢？"

"他们白天不会来的。"

"我今天还是要待在附近吗？"

"等会儿我要骑马去城里接约翰尼·马格鲁德，因为我不确定他是否找得到克莱萨路，我可不希望他迷路。约翰尼一直很喜欢'烟火表演'，要是我让他错过了今晚这里有可能上演的'烟火表演'的话，我怕他以后都不会再理我了。"

"那你去吧，我来收拾这里。"

巴克·布伦特把枪放进枪套里，然后走向小路那头的马。汤姆从那个变黑的茶壶里倒出热水来洗盘子，然后又整理了屋子。收拾完桌子之后，汤姆就把他的步枪和一大把子弹摆到了桌子上。他的神经有点儿紧张——再也没有什么事比在这里等着一件事发生或者不发生更让人紧张的了。不过他看见烟灰之后，又安下心来。

烟灰躺在走廊上，在早晨的阳光里打盹儿。它睡得很香，但它脑子里的一部分神经却从不休息，所以当有陌生人靠近的时候，它总是能够及时发出警报，没有一次错过。它也许不是一只合格的猎犬，但是有它在身边让人感觉很舒服、很有安全感。

　　汤姆走向牲口棚的时候，皮特高兴地发出嘶鸣声跟他打招呼，同时走到栅栏边，当汤姆开门的时候还用鼻子去摩擦汤姆的手。汤姆手中的绳子慢慢地滑到了皮特身上，他又接上了十米长的绳子，然后牵着皮特走出了牲口棚。这两天这匹马儿总是在吃饱之后在草地上踩来踩去，汤姆把绳子系在草地中间的木桩上，让那匹顽强的小马在这里舒舒服服地吃草，而他则进屋里忙去了。他总是紧张地朝窗户外边看，这样做了至少有12次。

　　他看到烟灰站在走廊边上，苦着脸盯着空地的那一头。它没有发出叫声，而是看看屋里，好像在找汤姆。汤姆拿起步枪躲到屋子后面的角落里，紧张地等待着，同时仔细地观察着烟灰，而烟灰正侧耳听着风声。

　　一分钟过后，比尔·托利维骑着一匹棕色的载货马进了空地。

　　汤姆悄悄地回到屋里，把枪放到桌子上，然后走出去迎接比尔。这个老人的眼里写满了忧郁和愤怒，他张开嘴巴的时候可以看到他的胡子似乎都在颤抖。

　　"你好，汤姆。"他有气无力地说。

第二章

"嗨，比尔。什么事让你的心情这么糟糕？"

"许多事！当我穿过那片被烧过的地方的时候，差点直接被撕碎了，因为三只公麋鹿和三头小牛也正好经过那里，但在它们刚好朝这边过来的时候，不知道是什么人把它们六个全都干掉了！我可以理解，要是一个狩猎监督员看到这样的捕猎者会有什么反应。"

"也许他也想看看。"

"他才不想看到呢！他害怕他们，他就是那样的！"

汤姆无话可说。比尔还不知道他已经做了狩猎监督员，也许这样更好。老人是很忠厚的，但是他更加仇恨任何限制他享受自由的人和事。要是向老比尔摊牌的话，他知道了一切之后，恐怕要恨死汤姆了。

"汤姆，我给你带来了你的其他工具，"老人说，"这是你的猎枪，还有你的钓鱼装备之类的。我老婆为你准备了许多钓鱼用的虫子，还有烤鹿后腿肉。她说你现在没什么事做，又独自生活，身边也没有个女人照顾你。"

"鹿后腿？"

"是啊。怎么啦？她以为你喜欢鹿肉呢！"

"我是喜欢，比尔。很喜欢。谢谢你把我的东西带过来。"

汤姆认为他现在应该把比尔·托利维抓起来，但是不可以，比尔不是个凶残的猎人，但是汤姆现在是狩猎监督员。

"进去坐一会儿吧。"汤姆邀请道。

"不了，"老人生硬地回答道，"我得赶回去了。我把工具留给你，你也可以在路过我那里的时候来取防水布。"

他解开捆在马上的包袱，把那个重重的包袱放到了走廊上。然后他骑上大白马，沿着小路回去了。

就在汤姆开始把包袱里的东西翻出来，准备把它们放到恰当位置的时候，他突然想起来比尔还没有问他是否知道了是谁住在自己的屋子里。这样也好，很明显这个老人对于"黑麋鹿"组织的屠杀太担心了，心里只想着那些事。

中午的时候，汤姆切下一片鹿肉，在吃之前，他有点讽刺地笑了笑。他心想，在所有不喜欢非法捕猎的人中，狩猎监督员是最不喜欢非法捕猎的了，但是他还是收取了别人送的鹿后腿肉。托利维夫人才是最高尚的。

这天下午汤姆觉得时间异常漫长。当夜幕终于降临时，汤姆又拿出他的假人放到椅子上，点起灯，然后躲在走廊的角落里监视着。烟灰在他身旁打着盹儿。

汤姆有点儿心神不安。巴克·布伦特承诺了会带着约翰尼·马格鲁德回来的，按理说现在他们应该到了才对啊，但是现在连他们的影子都没看到。

正在这时候，烟灰醒了，还站了起来。当它越过空地紧盯着远处的时候，它脖子上的短毛都立了起来，它的神经瞬间绷紧了。如果是巴克和约翰尼回来的话是会走在正路上的，就算不是这条，也是那条；但烟灰却盯着森林里。汤姆竖起耳朵来听，除了猫头鹰的声音从远处传来之外，其他什么声音也听不到。他把手放到烟灰身上让它安静下来，继续等着。

突然，在外面的树丛里，点点火星闪现，接着就是步枪射击的声音划破了寂静的夜空。汤姆听到玻璃破碎的声音，由此可知子弹打破了玻璃窗。他慢慢地站起来，烟灰一边盯着空地外面，一边紧紧地靠近汤姆。汤姆的脚一抬一放都十分小心，没有发出一丁点声音，他径直走向那个隐藏着的射击手射击的方向。突然，他停住了脚步。在他的左边，有什么东西从森林里走到了空地上。当他离开树林的时候，汤姆透过夜色看见了一个男人模糊的影子。那个人缓慢地移动到了空地的边缘。汤姆偷偷地跟着他，然后突

然冲了过去。那个人刚听到声音准备跑的时候，汤姆已经把枪口抵到了对方的背上。

"不要耍花招，"汤姆清晰地说道，"我的枪也是上了膛的。"

那个人站在那里，像树干一样。汤姆可以感觉到他因为害怕

而不住地颤抖着。

　　"难道你不认识我了吗，汤姆？"那个人有点犹豫地说道。

　　"你是谁？"

　　"是我啊，"他颤抖着说，"汉克·贾米森。"

第二章

一　黑色的野猪

汤姆静静地站着，他思考着，但是并没有要把枪从那个男人的背上拿开的意思。汤姆认识汉克·贾米森，而且认为他是一个没什么害人之心的、懒惰的家伙。但是，确实有人射击了汤姆制作的那个假人，而周围除了他就没有别人了。

"你在这里做什么？"汤姆严厉地问。

"不是你想的那样，汤姆。"

"你怎么知道我在想什么？"

"你认为是我开枪射击了窗户。其实我没有，我真的没有。"

"那又是谁？"

"我不知道！"汉克·贾米森的声音突然变得很暴躁，"我只知道我跟踪一个人来到了这里，我的目的是朝他开枪！前天，'黑麋鹿'

组织企图烧毁我的房子，那时候我的老婆和孩子都在里面！只是运气好，我把他们都救出来了，但是我看见是他们那伙人中的两个人放的火。我记住了他们，发誓一定要抓住他们！今天天刚黑的时候，我看见他们其中一个人从山上抄近路来到这里。我不知道他要去哪里，但我还是跟着他来了。"

在黑暗中，烟灰仔细地闻了闻汉克·贾米森的气味。这只猎犬又记住了一种气味，它记住了就永远不会再忘记。这时候能听到的声音就只有烟灰检查这个人、闻着他的气味时所发出的声音。

"转过身来，汉克！"汤姆命令他，"然后走到小屋里去，我在后面跟着你。"

"好吧，汤姆。"

汉克·贾米森转过身来，开始朝着小屋走去。汤姆小心地紧跟着他，手里的枪也时刻准备着。

"开门，汉克。"

他们进了屋，烟灰紧紧地跟在后面，进去之后就躺在了它通常躺的地方——火炉旁边。汤姆瞟了一眼那个破碎的窗子前面的假人。干燥的蜂窝还静静地待在破旧的衬衫上面，靠在桌子上。汤姆不禁打了一个寒战。有一颗子弹射中了它，要是当时坐在那里是自己的话就不用再担心"黑麋鹿"了，因为早就死了。

"把枪放到桌子上，汉克。"汤姆命令道。

在他照做之后，汤姆看着他。汉克又高又瘦，大多数山里的居民都长这个样子，但在汤姆的记忆中他的背没有这么驼。而且他还有了一点点小肚子，大多数山里人都没有小肚子。在汤姆的记忆里，汉克从来就没有想过要努力工作，要是他吃穿不愁的话，他甚至都不想工作，他除了打猎和钓鱼之外不是睡觉就是到处闲逛。

汤姆指向那个假人说："你看看，汉克，要是那里坐的是我的话，那一枪打中的就是我的头，难道不是吗？"

"对啊，汤姆。你说得对极了，但是那一枪真的不是我开的。你听我解释，好不好？"

"你说。"

"听着，汤姆，我一直住在这片山林里，我只关心我自己的事。你知道的，我从来不会插手任何人的任何事，而且也不愿意插手。我和跟我相处的所有人一样，认为山里的猎物足够所有人食用。有一天，我听说这里要改变了——我们不能像以前那样自由打猎了，他们说是因为《狩猎法》。那让我有点愤怒，好像所有的山里人都是这样想的。

"接着，'黑麋鹿'入侵了这片地区。但我还是坚持做好自己的事，不管别人；我设想着，如果我不去招惹他的话，他就不会招惹我。有一天，我出门准备猎杀一只梅花鹿，却没有打到。我只看见12只梅花鹿被杀死，倒在那里。我想，谁会这样捕猎呢？我们山里的人只会用正当的手法猎杀动物来食用。

"后来，狩猎监督员来到这里，而且他还宣布要全力制止这种捕猎行为，那看起来是个不错的主意。我同意和他一起工作，我还告诉他去看山上那些死掉的动物。三天之后，我在半夜醒来的时候发现我的小木屋着火了。有人在我的墙上浇了煤油，然后划燃一根火柴扔了过来。"

"继续！"汤姆插话说。

"好！我看见是两个人放的火，"汉克继续说道，"我是透过窗户看见他们的，那天我差点儿死掉，所以我绝对忘不了他们。他们有一个比我高，比我个头大，有卷曲的黑头发，另一个比我个头小。他们俩我以前都没有见过。今天傍晚的时候，当那个大个子黑头发的人经过野猫岭的时候，我正好在那边钓鱼。我在他走的那条路上做好了记号，然后回家拿好步枪就跟过来了。我的目的是杀死他，而且到现在我的目标也没有变。一定是他朝你的窗户射击的，我肯定是他。"

"如果你这么想杀他，那为什么你这么急着逃跑呢？"

"我以为他要杀监督员，我不知道怎么办，但是我不想掺和进去。我可不愿意被政府追捕。"

"要杀监督员？"

"对呀，我还不知道你回来了。那个监督员一直使用你的小木屋用来晚上休息。"

"所以你决定逃跑？"

"是的。我会再找机会的。"

汤姆咬着自己的下嘴唇。他想，汉克所说的很有可能是真的。他是出了名的从来不关心别人的事的人，那都成了他的特质了。但是一想到他在知道了巴克·布伦特有可能受了重伤倒在小屋之后，为了避免给自己惹来麻烦，居然只想到逃跑，汤姆就很不满意了。"要是你是从野猫岭开始跟踪那个人的，"汤姆接着说道，"那你为什么不在他到达这里之前就向他射击呢？"

"就像我说的，我必须回家拿枪，而且我只看到他走的是哪条路。我跟过来的时候，刚好看见他开枪的时候冒出的火花。我想，要是我不能立刻找到他的话，只能就这样看他一眼就赶快逃跑了。"

这时候烟灰又开始发出低沉的叫声，同时走到了门边，而且还抓着门想要出去。汤姆看了它一眼，然后转过身来背对着门，继续盯着汉克。现在汤姆可以确定两件事：一件就是有人向屋子的窗口射击了；还有就是他在门口的空地上抓到一个人。他不知道这两件事之间到底有没有联系。

突然，汤姆猛地蹲了下来，因为他看到树林里有另一道红色的闪光。在他蹲下来的同时好像已经感觉到有子弹正在靠近自己的头。

汉克·贾米森立刻把桌子上的枪抓了过来，并蹲在了汤姆的旁边。

"告诉你吧，"汉克轻声地说，"他回来了。"

汤姆爬到桌子旁边，小心地把他那只空闲的手伸出去，把油灯移过来，然后吹灭了。他趴在地上，爬到门边，把烟灰推到一边，然后打开门。

"你要做什么？"汉克低声说道。

"出去抓住他。"

汤姆悄悄地把门推开，爬了出去，到了走廊上。他一点一点地移到了阴影下的角落里，然后站了起来。汉克·贾米森也安静地跟着汤姆。当烟灰跟过去趴在他们旁边的时候，它的爪子发出了轻微的啪嗒啪嗒的声音。在黑暗中，汤姆靠近烟灰，叫它安静下来。烟灰十分警惕，它的每一块肌肉都很紧张，而它的鼻子正朝着森林的方向。

"到我旁边来，汉克。"汤姆低声说，"我们跟着狗走。"

"好，我跟着你走。"

烟灰开始穿过空地，向着森林斜线前进。两个人都紧紧跟着它，汉克在后面一点。这样走是一个相当聪明的决定。因为按照这种方法前进，如果对方射击他们其中的一个人，想要再次射击的时候还需要重新瞄准。这样，就算对方直接射伤了一个人，另外一个人也可以回击。汤姆把一只手搭在烟灰身上慢慢移动着。

烟灰走在汤姆旁边，当它即将走到树林里的时候可以听到它嗅东西的声音。他们来到空地边缘的一个树桩旁的时候，猎犬把鼻子贴到地上，用力地闻着，很明显它闻到了一股气味。汤姆小声地对它说了些什么，它就开始沿着地面往前嗅着，直接进入了森林里。五分钟之后汤姆停了下来。很明显，他们要找的人没有丝毫停顿。

　　"那个人就是从树桩后面射击的，"汤姆对汉克说，"但是现在他离开了。我们没法在黑夜里追踪到他。我们回小屋里去吧。"

　　于是，他们就肩并肩地往漆黑的小屋走去了。回到小木屋以后，他们点上油灯，但是很小心地离窗户远一点。烟灰又趴在火炉旁边打起盹儿来，汤姆感激地看着它。烟灰在那个陌生人靠近的时候发出警报，要是他再来的话它也会再次发出警报的。

　　汉克紧张地挪动着自己的脚。

　　"汤姆，要是你不介意的话，我想自己一个人来处理这件事。对不起，给你添了很多麻烦。我想，这是我的战斗，我不愿意别人因此而受伤。"

　　"你说得不错，但是汉克，这也是我的战斗。你现在是想要回家呢，还是跟我住一晚？随你选择。"

　　"谢了，汤姆，但是我最好还是回去。记住，汤姆，不要告诉别人我来过这里好吗？我可不想我的房子又着火。"

"既然你都这样说了，那好吧。再见。"

汉克离开之后，汤姆把灯光又调暗了些，他拿出一条毯子，蜷缩在屋子里一个黑暗的角落里，烟灰在他旁边。他久久都不能入睡——很明显是出了什么问题。巴克·布伦特说好会带着约翰尼回来的，或许他们错过了，又或者红头发监督员突然有更重要的事要先做。汤姆一边想着，一边打着盹儿。

当汤姆醒来的时候刚好看到黎明的第一道耀眼的曙光。烟灰也站起来伸着懒腰，然后朝四周看看。汤姆看了烟灰一会儿就起床了。空地相当安静，除了皮特再没有其他生物，皮特已经开始吃带露珠的草了。汤姆还想着到鲍勃那里给这匹矫健的小马弄些燕麦来吃，但是现在它还不需要，因为它没有干什么重活。但是，如果烟灰真有汤姆认为的那么厉害的话，那么今天早上皮特就要开始干重活了。

不管昨晚是谁开枪射击的，肯定会留下痕迹。那些气味才过去几个小时，而烟灰的侦探鼻子可以很容易就追踪到那个气味。汤姆听说过，侦探犬可以追踪到四天之前的痕迹。

"只有你、皮特和我了，"汤姆在进入屋子的时候对烟灰说，"比起猎物的足迹来，你好像更喜欢追踪人的足迹，现在到了你表现的时候了。"

烟灰亲切地摇着尾巴，脸上还是一副悲伤的表情，然后它

第二章

躺倒在桌子旁边。汤姆吃了一顿丰盛的早餐，然后拿起步枪和比尔·托利维给他的长绳，把绳子的一头系在烟灰的脖子上。他可不想这条大狗被其他什么让它兴奋的事物吸引住，然后跑了。

汤姆骑着皮特来到昨晚那个枪手潜伏的位置，就是那个树桩后面。烟灰快速地往前走，绷紧了绳子，它急切地嗅着那些味道，同时下巴往下垂着。它在树桩那里停顿了一下，闻着上面留下来的气味。汤姆骑着马靠近了一些，这样套着烟灰的绳子就可以松一点，

也算是给烟灰多一点的空间。有些狗儿需要鼓励和训练；而有的狗儿是天生的掠食者，但是如果不让它经常追踪的话，它的技能就不能保持得那么好了。烟灰当然是属于后者。

皮特吃好了，也休息好了，它很着急地想要离开，但是汤姆静静地骑在它的背上，没有任何指示。烟灰是一只没有经过训练的狗，尽管它对遇到的所有人都感兴趣，但是它根据自己的意愿追踪了查尔莫斯·加索尼而不是野猪。如果现在对它说错话或者做错事都会让它气馁。而一条受过训练的猎犬应该可以用最适合自己的方法追踪到一种气味。

研究了一会儿之后，烟灰开始绷紧绳子朝着它昨晚选择的那条路冲去。这一次，汤姆认为它走对了路，这方向是往山上走的。幸运的是这片林地还算开阔，因此皮特要跟上烟灰没有什么困难。但即便是这样，汤姆还是要忙着保持它们之间的距离，以免打扰到烟灰，同时还要保证烟灰的绳子不会绷得那么紧。有好几次当他们经过矮树枝的时候，他们都不得不弯腰躲避，有两次绳子还被缠在了树丛里。

　　他们来到山顶，前面出现了一条被踏平的小路。他们走得虽然不快，但是速度还算稳定。烟灰开始走上这条路，汤姆赶着皮特在后面小跑起来。这条路就是克莱萨路，也就是城里通往山里的路。现在，烟灰追踪到气味的那个人很明显是往城里走了。要是那样的话就很难找出那个人了，因为那是一座有着1200人居住的蛮荒小城。可要是找不到那个昨晚企图杀死自己的人，汤姆一定会后悔的。

　　沿着这条路一直走就上了另一座山，小路还在往前延伸。烟灰突然停了下来，把头抬得高高的闻着什么。它站在那里转了一个弯，然后望着大约500米远的一片月桂树。当它继续前进的时候是昂着头的而不是低着头，走了两步它又停了下来，这时候它喉咙里发出了熟悉的轰隆隆的声音。

　　汤姆跳下马，把缰绳放在小马的头上，同时把套着烟灰的绳子绕到自己手上。他轻轻地拉着，烟灰就回到他旁边来了。汤姆举起步枪，用左手扶正枪口。他想，一定是有人在那片月桂树里或者是在旁边，而自己暴露在开阔的地方。

他静静地离开小路走到树林里，这样在他和月桂树之间就有了许多树可以作为掩护。汤姆缓慢地前进，烟灰跟在他后面。当他到达最后一棵树的时候眼前是一棵灰色的山毛榉树，他站在了树后面。

月桂树就在大约十米的前方。树林很茂密，那些粗大一些的树干甚至有人的手臂那么粗。那些浓密的、闪着光的绿色叶子可以很有效地掩藏住树林里的任何东西。一阵风吹过，月桂树的叶子泛起了涟漪，汤姆认真地盯着前面看。

月桂树的叶子本来应该是绿色的，但是风把它们吹开的时候汤姆看见了一抹鲜红的颜色。难道叶子上有血吗？看来是有什么动物或者是人在那里受伤了。

汤姆和烟灰慢慢地往前走，他们的眼睛都一动不动地盯着月桂树林里的那一抹怪异的红颜色。不管现在是谁事先埋伏在那里，都将被他们抓住。汤姆可以隐藏起来射击，前提是他的步枪或者手枪是准备好的，不然的话他在射击之前还要准备一下。

当他从躲藏的树后面走出去的时候，正是在下最大的赌注，马上就可以知道结果了。但是，此时他什么都没有看见。他继续缓慢地前进，一步一步地走，警惕而轻微地移动着。

这里怎么什么也没有呢？——他们到了月桂树林之后仍旧什么

也没有看见。烟灰紧紧地挨着他，汤姆用步枪的枪口扒开树的分支，然后他被眼前的一幕惊呆了，但是他马上压制住了自己的情绪。

厚厚的树丛不是完全严实的，树丛的边缘处是一个小小的、潮湿的泥坑。坑里有许多腐烂的叶子，有个黑头发的人面部朝下倒在那里。他全身上下都是泥浆和血，旁边潮湿的地上还满是野猪的脚印。汤姆知道的人里面只有汉克·贾米森是黑头发，难道是他？汤姆避开泥浆中野猪的脚印轻轻地弯腰下去看那个人。

他跪在那个受伤的人旁边，发现他的胸口在不规则地起伏着——他还活着！但是他被野猪的尖牙残忍地咬伤了，流出的血浸透了他的衣服。汤姆看了看坑周围杂乱的月桂树枝，可以想象这里发生过多么激烈的战斗。

毫无疑问，这个人不是汉克·贾米森，虽然外形看起来很像。他伤得十分严重。汤姆仔细地观察了一会儿，发现这个人身上没有明显的武器造成的伤痕。

这个倒下的人突然慢慢地睁开了眼睛，两眼无神地盯着汤姆，然后又闭上了。汤姆拿出自己的手帕，在水坑里浸湿，然后给那个人擦了擦脸。那个人的眼睛又睁开了，这时候他已经有点意识了。汤姆轻声地对他说："我的马在那边，我马上带你过去，你可以动吗？"

汤姆尽可能轻地把那个受伤的人从泥坑里拖拽出来，然后把他

第一章

移到高一点的地方。之后汤姆去牵马，但是他发现皮特不在他以为在的地方。那个人受了重伤，需要马上救治。

汤姆回去的时候，受伤的人无力地想要动动。汤姆弯腰下，凑到他的耳朵边问："你能听见我说话吗？"

"是的。"受伤的人低声说道。

"我的马在小路上。我待会儿把你带去比尔·托利维家，那里离这儿不远。"

"好的。"

汤姆把一只手臂环绕到那个人的肩膀上，受伤的人把自己虚弱的手臂搭在汤姆的肩膀上。汤姆轻轻地把他扶起来。那个人身上还有多处受伤的地方，但是他的勇气丝毫没有被削弱。他使出最后一点力气，尽可能地用自己的腿支撑着自己的身体。汤姆扶着他走出月桂树林，到了小路上。

皮特看着眼前的景象，十分惊奇，在汤姆把那个受伤的人的脚放到马镫上的时候它的眼睛都睁圆了。那个人抓住马鞍的一角，在汤姆的帮助下终于爬到了马背上。他刚坐上去头就无力地垂了下来，整个人几乎是向前趴着的。汤姆用感激的眼神看着皮特，但是皮特像块石头一样站在那里不动。不过，这匹小马很快就意识到现在不是站在这里磨蹭的时候。

"好吧，皮特，"汤姆说着，扶住了马上的人，"走慢一点。"

皮特开始行走，它走得十分平缓。它自己选择路，避开了难走的路，直到汤姆带着它走上去往比尔家的小路。当猎犬们开始狂吠的时候，比尔·托利维出现在了门口。

"叫什么啊？"

"那头黑色野猪最终还是伤到人了，比尔。我把他带到你这里来了，因为你这里最近。他伤得很重。"

"别站在那里了！快进屋。"

受伤的人在他们扶他下马的时候倒在了他们的臂弯里。他们把他带进屋里，让他躺倒在一张床上。比尔看了一眼那个人惨不忍睹的伤口，然后转向伊莱恩。

"需要我帮忙吗？"汤姆问道。

"你不用留在这里，"比尔说，"我老婆会照顾他的。"

比尔从放枪的架子上把枪取了下来，对汤姆说："你和我去找约押·拉纳，是时候抓住那头黑色的魔鬼了！"

二　狩　猎

　　汤姆为了送这个被野猪弄伤的人过来，还没有做完自己的事，但是现在他在这里什么也做不了。这个黑头发的人现在也不能去任何地方，汤姆想自己最好还是把他留在这里，然后去捕猎。他知道从哪里开始。更重要的是，如果他们要追捕野猪的话，那他们需要可以找到的所有人的帮助。既然那个家伙开始伤人了，那么从此以后它就会知道它可以再次那样做，那样就很危险了。

　　比尔快步走到牲口棚，选出一根绳索，然后做成一个套索甩出去，套索轻轻地落到了一匹白马的脖子上，那是一匹下巴坚硬突出、马鞍不怎么协调的马。因为没有任何准备，所以马儿开始嘶鸣起来，反抗着主人，不愿意被绳子拴住。马儿不愿意抬脚，龇牙咧嘴的。比尔给马儿戴上马鞍和笼头之后就上马了。他把步枪放到陈旧的枪套里，焦躁地看着周围。

　　"你准备好了吗？"他喊道。

　　"一切准备就绪。"汤姆一边回答一边爬上了马。

　　烟灰充满期待地等待着，激动得都有点喘不过气来了。比尔的猎犬围着它跑来跑去。通常比尔骑上马就表示要出去打猎了，有时候他可能只骑马不带猎犬，但是如果他需要猎犬一起去的话他会让它们知道的。

"嘿，小枝，你也跟我一起去！"老人喊道。接着，他用双脚拍拍他的白马向前走去。

猎犬们高兴地跟着主人出去了，汤姆和烟灰走在后面一点。比尔·托利维总以为自己有山里跑得最快的马儿，并引以为荣，要是他的马不是山里跑得最快的，他就一定要换马。这匹白马脾气十分倔强，但是汤姆不得不承认，它是一匹好马。然而，皮特要跟上它是十分容易的，烟灰也大步慢跑跟在皮特旁边。这条大猎犬不喜欢群居，所以它不愿意靠近比尔那匹跑得十分兴奋的马。

他们一路赶到了山谷里，然后走进了茂密的树林，最后又到了另一片空地。远处传来了约押·拉纳的两条猎犬的叫声。听到叫声后比尔的其他猎犬都躲到了小枝后面，因为它们不喜欢独自去战斗，遇到陌生的动物的时候它们还是站在统一战线上的。

约押的猎犬又高又瘦，它们的特点就是战斗力很强。它们咆哮着跑过来，到了比尔那群猎犬面前的时候却主动让到了一边。它们可不愿意跟比尔的那一群猎犬打架。接着，约押的两条猎犬发现烟灰独自站在一边，就直接朝它冲过去了。

这两条有黑白斑纹的猎犬比烟灰高30厘米左右，身体也比烟灰长，但是烟灰比它们结实。它们企图冲过来把烟灰撞倒，然后用尖牙咬它。但是，当其中一条黑白斑纹猎犬冲过来的时候，烟灰几乎没有动，而之后被打倒的却是那条有黑白斑纹的猎犬。

烟灰也许是为了迷惑它们，动作很慢。但只要它一动，挑战它的猎犬的肩膀就开始流血了。另一条黑白斑纹猎犬警惕地来回走着，估量着对手，寻找着对方的弱点。但是，烟灰是一条有自己做事风格的猎犬。当另一条猎犬再来攻击的时候，烟灰直接看着它，然后把自己的嘴巴放到已经受伤的猎犬的脖子旁边，开始高兴地折磨它。

"嘿，你！快停下来！"

这时候，约押手里拿着枪从屋里跑了出来。就在同一时刻，汤姆也下马冲了过去，他抓住烟灰的下巴，试着把它们分开。

"快拉开它们！"约押喊道，"快点！不然它就要杀死我的猎犬了！"

烟灰顺从地松开了它的敌人。它一松开，约押立刻就把自己的猎犬拉了回去，而那条猎犬还勇敢地奔跑着，想要继续战斗。

"汤姆，把它拴起来！"比尔·托利维喊道，"不能在这里打架！都已经有狗受伤了。"接着他转向约押说："快点，带上你的其他猎犬跟我们走。我们正在追捕黑色的恶魔，他差点就杀人了。"

约押立刻把他那条受伤的猎犬关进了牲口棚，然后带着其余的猎犬加入了他们。他们离开空地之后汤姆用脚拍拍皮特，赶着它追上比尔的马，走到它旁边。"从现在开始，你最好跟着我，比尔。"他喊道，"我知道确切的地点。"

"好吧，但是要快点。时间久了就不好追踪了。"

汤姆用脚在皮特的肚子两边拍打着要它加速，那匹小马平稳地跑了起来。烟灰保持着自己的速度，一直跑在皮特的旁边，它的大耳朵在跑起来的时候开始摇摆起来。这时候，汤姆发现他的猎犬简直是"真人不露相"。它的腿看起来很短，但是它跑起来的时候前后腿之间的跨度可以拉得相当长。

当他们到了月桂树林里的时候，汤姆拉住皮特的缰绳让它停下来，然后自己往后看。比尔·托利维至少在他后面二三十米远的地方，而约押简直是连影子都没看见。当比尔让他的白马停下来的时候，不禁羡慕地看着汤姆骑的马。

"你愿意卖你的马吗？"

"无论如何也不卖，比尔。我也很喜欢它。"

比尔失望地说："真可惜！它是这山里唯一一匹跑得过我家马儿的马。就是这里了吗？"

"就是这里。里面的月桂树林里隐藏着一个坑。快去看看。"

这时候约押也赶过来了，三个人一起进入了月桂树林，那些受过良好训练的猎犬们正满怀期待地坐在那里等待命令。约押弯下腰来，在柔软的坑里检查野猪的足迹。

"你为什么这样做，约押？"比尔问。

"我追踪过那头野猪很多次了，因此要真是它的话我一看就

第一章

知道了。"

"我也是。但是我希望我可以清楚地看到它的足迹，而且不要被那么多其他痕迹覆盖。我从来没有见过这么杂乱的场面。"

"既然这样，那么叫猎犬们来观察吧。叫小枝来。"

老比尔吹响了口哨，小枝就从树丛里窜了进来。这条老练的猎犬在坑周围嗅着，来回地走着，接着还闻了闻坑旁边的树枝。然后它疑惑起来，坐下来望着自己的主人。比尔抓住猎犬的头对它说："真该死！那气味没过去多久啊，你肯定可以追踪到的。小枝，再试试。"

这条猎犬尽职尽责地把鼻子放低，贴近潮湿的地面再次来回地检查着。它试着跑进月桂树林，然后又跑了回来。

"让杰瑞来帮它吧。"约押建议道。

比尔把杰瑞叫了过来，然后第二条猎犬也加入了，它们都试图找到野猪的气味。汤姆皱着眉头。那个黑头发的人是昨晚离开他家的，因此这头野猪留下的气味应该才过去几小时啊。比尔的猎犬都是很不错的，它们应该可以找到那些气味才对啊。

但是很显然，它们做不到。又过了十分钟，小枝和杰瑞漫无目的地来回寻找着，都没有结果，最后它们带着歉意回到了主人面前，坐到他的脚边。比尔·托利维的脸上全是惊讶的表情。

"它们找不出那气味。"他最后宣布说，"小枝和杰瑞本来应该

可以找出那头野猪的气味啊。它们都追踪过它六次了。一定是有什么地方出了问题。"

　　"但是，是什么问题呢？"汤姆问道，"是因为地面太潮湿，而且这里有太多其他的脚印吗？"

　　"我也不知道。或许是天气原因，又或者是因为其他的问题。

我确定没办法了。要烟灰来试一下吗？"

汤姆摇摇头说："它只追踪人。我曾经把它带到野猪的脚印那里，但是它不追野猪。它是条追踪人类的猎犬。"

老比尔耸耸肩，说道："好吧，那我们只有等到那头黑色的恶魔下一次留下足够新鲜的足迹时，再让我的猎犬来追踪了。现在我们没事做了。"

"我同意你所说的，"汤姆承认道，"但是我想跟那个被野猪弄伤的人谈谈。他……"他正要说起昨晚被袭击的事，但是最终决定还是不说了，因为约押也在这里。

"他，他是谁呢？"汤姆吞吞吐吐地说。

"我从来没有见过他，"比尔心不在焉地回答道，"我是认不出来……"

比尔·托利维看着自己的猎犬，眼里全是厌恶。很明显，相对于那个陌生人的身份而言，比尔更在意的是他们这次行动失败了。汤姆在回家的路上一直思索着：他们已经尽了最大的努力，可是什么东西让那气味消失了呢？

皮特现在完全不需要人带领，就可以直接走上回家的那条小路。汤姆把缰绳随意地挂在马儿身上，然后让这匹稳妥的小马自己选择路回家。烟灰现在跑到前面去了，它在前面随意地嗅着它感兴趣的一切。当他们接近空地的时候，烟灰停了下来，同时把头抬了起来。

在它检查那团从山坡升起的气流漩涡的时候，它那对耷拉着的耳朵偏到了头后面。这时候，它的喉咙里又发出了熟悉的叫声，这意味着它闻到了什么人的气味。

在距离空地90米左右的地方，汤姆把皮特藏在树林里，自己慢慢地往前走。烟灰在他前面走着，它不再叫了，但是还在检查着气流。汤姆躲在一棵树后面向四周看看，这时候他看见了巴克·布伦特的马在牲口棚里。于是，汤姆折回去把皮特牵到路上，然后爬上马背骑着马走进了空地。

汤姆在牲口棚前停了下来，给马儿卸下了马鞍，然后给它擦了擦身体，让它躺下来。当他来到屋子门口的时候，巴克已经走出来坐在走廊上了，他慵懒地抽着烟。汤姆惊奇地盯着巴克那两个大大的黑眼圈。

"你遇到什么事了？"他脱口而出。

巴克·布伦特耸耸肩说道："通过那块碎掉的玻璃，我知道有人来过了。"

"有两个人。"

"好像是的，跟你设想的一样，那个蜂窝被当成了靶子。有人受伤吗？"

"没那么严重。"汤姆说道，"关于汉克·贾米森你了解多少？"

巴克的眉毛抬了起来，他说道："不是很了解，我只知道汉克是少数不把我看成是响尾蛇那样危险的人的山里人之一。我刚来到这里的时候，他似乎还想跟我合作，他曾经告诉我在干草山有人要发动袭击。不知道'黑麋鹿'组织怎么知道汉克跟我说了这些。几天后的一个晚上，汉克的屋子就被人放火烧了。我就知道这么多。"

"这么说汉克说的都是真的。"

"他说了什么？"

汤姆复述了那天晚上和第二天早上的事情，红头发的监督员认真地听着，还时不时地点点头。

"要是我在就好了。但是我跟约翰尼·马格鲁德错过了见面时间，没有碰到，我只好骑着马回来。回来的时候我遇到了一支驮队，幸运的是运货的人没有看见我，因此我就跟着他们，因为我发现他们运输的是非法买卖的货物。我可以当场把他们抓住的，但这是我第一次有机会看到他们是怎样做这种非法的事——把东西运出山，所以我想了解得更多。就在天黑以前，负责运输的人躲进了一个植被茂密的小山谷，那个山谷就在蓄水池外面。大约十点钟的时候，他从小路来到了蓄水池旁边的十字路口，然后就在那里等着。到了11点45分的时候，我跟踪的那个运输员开始从他的马身上卸货，就在那个时候我扑向了他。"

"然后怎么样了？"

"原来在附近还有三四个我没有看见的人，"巴克·布伦特可怜地说，"他们的拳头都很硬。"他一边说，一边摸摸自己的头，脸部肌肉还抽搐了一下，"他们对我拳打脚踢。当我醒来的时候天都快亮了，他们当然走掉了。但是我也知道了，他们那一伙坏蛋是怎样把他们掠夺的东西运出山去的。"

"你认识他们中的人吗？"

"科尔·塞勒斯，他来自戴尔山城，是负责运输的人，他用的是福瑞德·拉尔森的六匹马。还有一个人是鲍勃·马格卢文，他是山里的居民。其他人我就没有看清楚了。但是，可以明确的是，行李运输代理行和他们有很大的关系。"

"这下好了，我们得到了很多消息。"

"是的，这样的话我们可以阻止他们了。要是我们能阻止他们把货物运到市场上去，我们就可以阻断他们所有的运输方式。我们就要开始跟他们战斗了，很快，汤姆。"

"你认为他们还会在蓄水池接头吗？"

"他们可能在任何地方接头，但是当他们接头的时候我们会在场。他们为了继续做坏事可以把我踢开，但是他们不能掩盖住他们运输的痕迹。"

汤姆盯着他，然后兴奋地跳了起来，喊道："嘿！我知道了！"

巴克·布伦特疑惑地看着他说道："你知道了什么啊？发什么神经啊？"

"不！我知道的是那个被黑野猪弄伤的人！我知道比尔·托利维的猎犬为什么不能追踪到野猪的气味了！"

"不是你说它们不能的吗？"

"直觉告诉我的，跟我来吧！"

汤姆把步枪拿起来跑到牲口棚，开始兴奋地给皮特套上马鞍。巴克·布伦特越来越疑惑地跟着他。

"我可没有时间做没有意义的事。"巴克有点迷惑地说道。

"不会白忙活的，跟我来吧！"

巴克给马套上马鞍，然后骑着马跟在汤姆后面。由于汤姆的急切，皮特大步地跑了起来。烟灰跑在皮特旁边。

"嘿！"巴克喊道，"我的马可没有长翅膀！别跑那么快啊！"

汤姆开始减速，让巴克的马可以跟得上，然后再匀速地前进。当他们下山来到月桂树林的时候，汤姆拿出绳子拴住了烟灰。

"我们现在做什么呢，侦探？"巴克问道。

"如果我的直觉是对的，那么我们就有很多事要做了。来吧。"

烟灰在汤姆旁边走着，他们一起来到了那个泥坑那里。烟灰的头抬了起来，它那重重的鼻息声和这片安静的、茂密的月桂树林形成了鲜明的对比。监督员巴克准备检查那些脚印，但是汤姆伸出一只手来阻止了他。

"让烟灰来做吧。"他轻声地说。

烟灰把自己笨重的头垂得很低，很仔细地嗅着混乱的气味。它的动作很慢，耐心地在地上走来走去，时而跑出月桂树林，时而又回到坑的中央。它甚至走近道来到树林里，回头疑惑地看着汤姆。

"它在找什么啊？在找名片吗？"巴克咕哝道，"要是这里留下了什么痕迹的话，比尔的猎犬一定可以找出来的。"

"等等看！"汤姆紧张地说道，"加油啊，烟灰！"

再一次，烟灰用非常慢的速度深深地嗅着月桂树。它在坑的中间停了下来，耐心地嗅着那些只有侦探犬才可以找得出或者意识到的气味。它那长长的耳朵垂到了它的眼前，这时候它走向了坑的另一边。它蹒跚地走着，然后速度又慢了下来，但是这次它一点儿也没有犹豫。

"它追踪到了什么，"汤姆松了口气说道，"去牵马。"

巴克牵着马跟在烟灰后面缓慢地行走着。太阳照在山顶上，留下的气味都很淡了，因此他们追踪起来很慢。突然，烟灰冲下了一个斜坡——那边太阳照不到，接着速度就快了起来。等到他们上了马，烟灰已经开始跑了起来。那气味带着它沿着克莱萨路一直往下走。

烟灰来到了山的底部，然后沿着一条有河狸筑了水坝的小溪一直走。这条路在这里变宽了，巴克的眼睛焦虑地注视着水坝。

"我希望我们可以在河狸的生产期来临之前消灭这伙强盗。"他一边观察一边说道。

"为什么呢？"汤姆心不在焉地问道。

"山里应该有大约两千只河狸，要是我们不抓住那伙人的话，他们会杀死所有的河狸的。"

"我们会做到的。"

"我真希望我也能这样想。"

烟灰突然从路上转弯到了树丛里，又穿过树丛进入了一小片空地。在这里，它使劲地闻着一棵小树。小树的树皮被刮掉了，周围的地面上到处都是马蹄印。

"好多马蹄印啊！"监督员巴克哼了一声，说，"你别告诉我那头野猪变成了一匹马，还把自己系在了树上！"

汤姆用手撑在地上跪了下来，仔细地检查着那些马蹄印。然后，他直起腰来，得意扬扬地看着巴克。

"这头野猪，"他说，"真是一个不平常的动物。你差点就猜对了！"

"真的？"

"它是这个世界上唯一一头差点杀死人还可以沿着路走到这里，然后骑上马离开的猪。"

"我还是不懂。"

"比尔·托利维的猎犬之所以不能追踪到野猪的气味，"汤姆说，"是因为那里根本就没有野猪出现过。但是，有人出现过，一个或者两个，他用野猪的蹄印来隐藏自己的脚印。烟灰是专门追踪人的，因此它可以追踪这些痕迹而比尔的猎犬却做不到。"

"这么说你找到的那个人不是被野猪所伤，但是那些野猪的蹄印让这一切看起来就是那么回事。"

汤姆点点头说："就是这样。"

这时，监督员巴克兴奋地骑上马说道："汤姆，你再描述一下那个受伤的人。"

"很年轻、很高、很瘦，他的头发像烧焦的树桩，颜色很沉闷，不光滑。"

"那是约翰尼·马格鲁德啊！"巴克脱口而出，"这就是他没有出现的原因了，原来他在丛林里遭到了袭击！你带他到比尔·托利维家去了？"

"是的。"

"走！我要去确认一下。"

巴克骑着马沿着小路飞奔起来，汤姆跟在他后面。

比尔的猎犬又开始叫了，在巴克·布伦特骑马出现的时候，它们跑了过来。

比尔·托利维出现在门口。当这个年老的山里居民看到狩猎监督员的时候，忽然变得很冷淡，表现出了一些敌意。

"我告诉过你不要来我这里。"他咕哝道，"你来做什么啊？"

"有一个受伤的人在你家里，我有理由相信我认识他。"

"你可以进来看看，"比尔不情愿地回答道，"仅此而已。"

汤姆跟着巴克到了屋里，低头看着那个全身湿乎乎的仍然没有意识的人。巴克没说一句话就转身离去，他的脸因为愤怒而扭曲变了形。

"那正是约翰尼·马格鲁德！"当他来到外面的时候突然说，"他是昨晚来的！"

"那个人是狩猎监督员吗？"比尔·托利维紧张地问道。

"是的。"汤姆在巴克说话之前热心地回答道，"现在我也是了，而且我将一直做下去！"

这位老人看着汤姆，面如死灰地说道："那个人伤得很重。只要他在我这里，就会得到我们最好的照顾，而且在他可以动之前我们会负责保证他的安全。但是，我和你——汤姆·瑞恩思，从此以后不再是朋友！以后你们谁都不准再来这里。现在你们走吧！"

三 驮 队

汤姆和巴克什么话也没说就从比尔·托利维家离开了，他们走向上山的小路，然后朝着汤姆的小木屋走去。红头发的监督员很想说点什么，而汤姆的脑袋里此时正思绪万千。汤姆在想：比尔·托利维自从自己记事以来就是自己的好朋友，他跟自己的父亲也是朋友。现在，却因为一个毫无希望的狩猎监督员的工作弄得连朋友都做不成了。

"如果做这件事需要我从现在一直努力到地狱冻结，我也一定要找出是谁伤害了约翰尼·马格鲁德！"监督员巴克大声喊道。

"你觉得这件事是怎么发生的，巴克？"

"约翰尼在城里下了车，他走上了克莱萨路。他就是在那条路旁边的森林里遭到袭击的。袭击他的人应该有两个，因为一个人根本做不到。他们用了小刀，让别人看起来像是野猪干的，然后他们又伪造了野猪的脚印！"

"这样就可以逃脱法律的制裁？"

巴克点点头，严厉地说："但是他们做得不够成功，因为约翰尼很顽强。他一定可以挺过去的，也许他可以认出那些人。"

"那你说，他们是怎么知道约翰尼是来找你的呢？"汤姆打断他说道。

巴克耸耸肩说："也许他们看见我发电报了，而且还弄到了复印件，我也不知道他们是怎么办到的。也许约翰尼在下车之后说了太多的话，让他们发现了。最重要的事情是，他们没能杀死他。而且他们昨晚也没能杀死我，多亏了你的假人。"

　　"你说他们要杀的是你！"汤姆愤怒地喊道，"他们是想杀我才对啊。"

　　巴克·布伦特挖苦地笑道："可怜的家伙，'黑麋鹿'组织甚至都不知道你已经是个狩猎监督员了。别忘了，我也住在你的屋子里。那颗子弹是冲着我来的。这么说吧，你是因为那张恐吓纸条才决定加入的。"

　　"我怎么知道！"汤姆气急败坏地吼道，"你又没有告诉我！"

　　"你也没有问我啊。"巴克咧嘴笑道，"我估计我不能说服你，但是'黑麋鹿'可以，那是他们自己不走运。现在你想要退出吗？"

　　汤姆不好意思地说道："我当然不会退出了。我加入后都忙死了，不过我会坚持的。"

　　"好孩子，让我猜猜是谁朝你开枪了呢。"

　　"不管射击我的人是谁，烟灰已经在泥坑那里找到了他留下的气味。我想那就是我要找的人，也有可能是袭击约翰尼·马格鲁德的人。"

　　"我不这样认为，我猜约翰尼早在那些人朝你的窗口开枪之前就被发现了。"

"但是，我认为烟灰在泥坑外追踪的是同一个人，因为那是我最初要它追踪的气味。难道他们在来我家之前就袭击了约翰尼？"

"也有可能，但是我们现在没办法证明。"

"接下来我们做什么呢？"

"我们晚上要骑马出去，汤姆。他们会在夜里使用篝灯捕杀大量的梅花鹿和麋鹿。我们可以抓到他们的驮队，我们还要逮捕任何一个我们找到的负责人。我还要去一趟行李运输代理行。如果我可以阻止他们发货的话，也许就可以查出'黑麋鹿'组织的头领是谁。"

"他们要怎样才可以不再做非法买卖呢？"

"监督员还没有那么强大的力量来阻止他们，而城里的警察又不管，他们认为这只是我们的工作。他们会尽最大的努力阻止城里的犯罪行为，但是一点儿也不关心我们这里发生了什么。

"当然了，山里生产野生动物和鱼，可以让城里人来这里运动和休闲。山里人可以做他们的导游或者旅行经营者，那样他们一年就可以赚到以前十年才有的钱。要是我们不能保护野生动物的话，那以后山里就没有猎物可以捕杀了，也没有鱼可以抓了。那是我们的工作，而且责任巨大。"

"你认为以后会不会有足够多的监督员来阻止这些违法行为？"

"再多也不够。"巴克·布伦特叹着气说道，"这一地区太宽广了，就算有一千个监督员也不能完全制止偷猎行为。每个人都要巡逻200多平方千米，照看不过来的。唯一的希望就是山里的居民们自己可以觉悟。但是，现在他们大多无知、冷漠、贪婪，所以教导他们也是我们的工作。"

"我会和你一起坚持的。"

"这我知道，但是我发现在你真正知道我的做事方法之前你会有点儿疑惑。好吧，先这样，我们下午晚点的时候再说，然后我们再骑马去山里碰碰运气，看看我们能不能遇到那支驮队。要是可以的话，我们就把他们全部拿下，再看看会发生什么事。"

"好，正合我意。"

他们说着就回到了空地。他们让马儿喝了点水，然后把它们拴在附近有鲜草的树桩上，这样它们就可以在出发之前吃得饱饱的了。烟灰躺在洒满阳光的走廊上，很快就睡着了。汤姆准备好了鱼竿，巴克拿了一把椅子来到走廊阴凉的一面坐了下来，还把腿放到了栏杆上。

"要是你想钓鱼的话，我再为你准备一根鱼竿。"汤姆对他喊道。

"我不去了，"红头发的监督员坚定地说道，"我一点儿也不喜欢捕猎和钓鱼。"

汤姆惊讶地看着他说："那我们晚上不吃松脆的鲑鱼了？"

"我可没说我不喜欢吃，"巴克嘟囔道，"我只是不愿意去捕猎或者钓鱼罢了。"他把帽子拉下来遮住眼睛，然后又掀了起来说道，"小心点，不要无节制地钓鱼啊。我可是知道这附近有两个非常非常强壮的监督员呢。"

烟灰在汤姆走向小溪的时候慵懒地跟着他，当汤姆开始钓鱼的时候，它就自个儿躺在柔软的草地上打盹儿。汤姆开始钓鱼了，他看到一条鲑鱼游了过来，那条鲑鱼有点儿漫不经心地碰了一下鱼饵，然后就转身回到了水底。汤姆一次又一次地将鱼饵甩到有鱼出现过的地方，不过还是老样子——没有鱼儿咬钩。太阳开始照在这片空地上和小溪里，这时候鲑鱼就更不容易出现了。汤姆下决心一定要钓到鱼，所以他往上游走了一段，继续认真地钓起鱼来。最好的运

动是当一个垂钓者的技能可以发挥最大作用，现在就是汤姆发挥作用的时候了。一个半小时很快过去了，汤姆终于钓到了够他们俩吃的鲑鱼。

汤姆回去的时候，巴克在椅子上睡得正香。汤姆煮好了鲑鱼，加热了昨天煮好的豆子，然后才把巴克摇醒。

"嘿！开饭了！"

"哦，是你啊，"巴克咕哝着说，勉强清醒了过来，"太早了吧！我刚睡着。"

虽然监督员巴克有点儿抗议，但是汤姆钓到的六条鲑鱼，他自己就吃了四条，还往餐盘里加了三次豆子。吃过饭之后他舒服地靠在椅子上。

"我们通过扔硬币来决定由谁来收拾餐具！"

"你真是个懒虫！食物是我弄来的，也是我煮的！"

"我看得出你没有什么运动天赋。"

"那收拾完餐具之后我们去外面比试一下。"汤姆无情地说。

汤姆走到走廊上，坐在了巴克之前坐的椅子上。他还没有坐稳，巴克就开始刺激他了。他说道："你说什么，汤姆？我们要骑马出去吗？"

"再好不过了。"

于是，他们给马儿套好马鞍，然后骑着马出去了，烟灰沉着地

犬
神

跟在皮特旁边。他们走在那条会经过山上那片被烧过的地方的路。经过那里之后，巴克开始骑着马小跑起来，他走上一条长满草的路，进入了茂密的森林。然后，他们穿过一个宽阔的山谷，来到了一个悬崖边。巴克指着一条直接通往山谷底部的路。

"要是他们去蓄水池那里的话，就必须走那条路。"他说，"就算是在夜里，我们在这儿也能看见他们，也许烟灰可以帮我们知道他们是否会在夜里来这里。"

"它一定做得到的。它可以追踪到过去更长时间的气味。"

"这么说，它应该得到监督员应该得到的报酬，尽管我不知道它是否喜欢做这份工作。现在，让我们找个舒服的位置坐下来吧，现在只能等了。"

他们整个下午都在那里等着，直到夜幕悄悄降临。从很远的地方传来了野狼孤独的叫声，这些声音让马儿有点狂躁不安，烟灰最后甚至到四周闲逛去了，去闻那些让它感兴趣的气味去了。

汤姆不安地站起来，来回踱着步子。他想，做狩猎监督员就没有一样轻松的工作，或许最困难的部分就是这没完没了的等待。任何行动都比等待好得多。他又坐了下来，斜着瞟了一眼巴克，看到巴克的表情紧张而且严肃。他在猜，这个监督员到底在想什么呢。

"你认识约翰尼·马格鲁德多长时间了？"他问。

"在我们还是孩子的时候就在一起玩了。"

"那就是认识很长时间了。是邻居，对吗？"

"挨得很近的邻居——约翰尼和我是在同一所孤儿院长大的。"

听到这话汤姆陷入了沉默。

这时，远处传来了驮队行进的声音。巴克·布伦特叹着气站了起来。

"他们今晚没有装载货物，或许他们已经把货物卸下来了，放在铁道边。我们最好——听！"

远处突然传来了枪声，有点像鞭子鞭打的声音，接着是第二声，第三声……一共听到六声枪响。

"是加森山坡！"巴克突然说道，"跟我来！"

加森山坡因麋鹿多而出名，从这里出发，直线行走的话有五千米，骑马走正路的话有八千米。比较起来骑马走正路还是要比直接走近道去要快一些。

他们骑上马，在黑夜里跑了起来，完全不顾树枝像爪子一样刮到他们的手和衣服，甚至是打在他们的脸上。汤姆可以听到烟灰喘着气跟在旁边。

他们听到的枪声一定是偷猎者开枪发出的，那些人是最卑鄙的偷猎者。白天梅花鹿和麋鹿都是十分警惕的动物，它们仅仅闻到气味就会发出警报，然后随时准备逃离人类。但是在夜里它们就没有一点儿警觉的意识了，它们有可能呆呆地站在那里，仅仅是盯着一束光亮。这样，一个带着武器的人就可以悄悄地爬到离它们几米近的地方。大多数情况下，兽群在它们的头领被杀死之后还会继续站在那里。在夜里，毫无戒心的麋鹿应该就是这样被射击了六枪。

靠近目的地的时候巴克拉住了缰绳，让马儿停下来，他下马后把马拴了起来。汤姆也从皮特背上下来了。

"从这里开始我们要步行了。"红头发的监督员轻声说，"要是我们骑马过去的话，会被他们听见的。烟灰不会在这时候叫吧？"

"不会。它最多就是轻声地叫几声。"

"很好，我们走吧。"

烟灰走在两个人的前面一点点，然后停下来，轻声地叫着。在黑夜里几乎什么也看不见，它回过头从它的肩膀上看过来。

"它闻到某种味道了。"汤姆低声说。

"把枪准备好，也许有必要开枪！"

"我都准备好了。"

就算巴克不是猎人，他也是一个熟练的樵夫，他在汤姆前面安静地走着。突然，汤姆闻到了一股矿物质的气味，然后就看见巴克正停在那里盯着他看。这时候，唯一的光亮就是天上的星星透过树叶照下来的昏暗光线，但是在那一小片地方没有光。汤姆蹲下来找烟灰，发现那条大猎犬正在休息。

"他们走了，"汤姆说道，"他们逃走了。"

他们走到了那里，有水从岩石缝里冒出来。他们向下可以看到那些可怜的遗迹留在周围——五头麋鹿的头、脚、内脏凌乱地散在那周围。

"我们来晚了。"巴克抱怨道，"烟灰可以追踪到他们的足迹吗？"

"不能。如果他们要把麋鹿带走的话，当然是带着马来的。烟灰除了人之外，什么气味也不会追踪。"

"恐怕是那样的。没关系，我们至少还是确定了一件事。"

"什么事？"

"今晚他们没有载货，但是他们得到了五头麋鹿，很可能是更多的动物。明晚他们一定会把货运出去的，他们交货的时候我们最好能够在附近。"

说完之后他们就沮丧地骑着马回去了，把马牵到牲口棚之后他们就直接睡觉了。汤姆躺下来，听着烟灰的叫声，久久不能入睡。直到这条烟灰色的猎犬一动不动，平静地睡着之后汤姆才渐渐进入梦乡。睡着之后他做了一个噩梦，梦到五头没有头或者没有腿的麋鹿飘浮在空中。就在他准备射击一个企图射击自己的人的时候，麋鹿飘到了中间挡住了他的目标。然后麋鹿的那些头不知道从哪里冒出来开始攻击它们自己的身体，有一个头还大张着嘴巴来咬汤姆。麋鹿的头咬住他开始摇晃，这时候汤姆惊醒过来，全身都是冷汗，这才发现已经是大白天了。

"快起来吧，睡美人。"巴克喊道，"难道你要在你的床上待一整天吗？"

"几点了啊？"

"11点啦！"

"不会吧！"汤姆内疚地坐起来，揉揉眼睛说，"你怎么没有叫醒我呢？"

"我叫了啊。还说我没叫你，我十点半就起来了。"

"好吧，你是早起的鸟儿。"

"快点滚出去，"巴克命令道，"煎饼已经准备好了。你想要更多的鲑鱼的话就得自己去抓了。"

汤姆起床，穿衣，洗漱，然后坐下来吃巴克·布伦特准备的巨型煎饼，还有熏肉。烟灰靠近桌子蹲在那里，用哀求的眼神看着，祈求他的施舍。

巴克玩着一小块煎饼，用叉子把它翻来覆去。

"你认为他们今晚会在蓄水池那里交易吗？"他问。

"我怎么知道呢？对于他们你更了解。"

"是的，我同意你的说法。但是，难道你就没有自己的看法吗？"

"有时候有。现在我就有一个想法：要是你洗盘子的话，我就可以去抓更多的鲑鱼了。"

"去吧，"巴克回答道，"真是个好主意。"

汤姆钓完鱼，然后带着钓到的鱼回到了小屋。他们把鱼煮了，然后又开始吃了起来。他们早上还高高兴兴的，现在却变得很紧张了，因为今晚"黑麋鹿"组织肯定会装载另一批货物上晚班火车，然后发货到其他城市。

"你知道我现在是什么感觉吗？就像是一个人等着被绞死一样！"汤姆突然说。

"振作一点，"巴克·布伦特建议道，"今晚你需要一个可以冷静思考的脑袋。"

"别担心，我会有一个那样的脑袋的。"

"像现在这样就可以。你有可以装铅弹的双管霰弹枪吗？"

"当然有了。"

"给我用一下可以吗？几声爆炸声应该可以吓到那些热情的偷猎者。"

"你想用就用吧。"

"谢谢了！那我们开始行动吧。我们将直接到蹲守的地方去观察蓄水池。虽然'黑麋鹿'组织不会蠢到再次去那里交易，但是我有预感，他们一定认为我不敢再次试着阻止他们。今晚我们可是有两个人。"

他们骑着马沿着小路一直走，没有经过山谷而是直接抄近道走另一条小路。在他们到达蹲守地点之前，烟灰停了下来。这条大猎犬站在那里，同时一条前腿抬了起来，然后发出警告的叫声。汤姆向四周看看，对巴克·布伦特说："看起来我们遇到什么人了。"

　　"我希望只是一个普通人。"红头发监督员讷讷地说，"要放轻松。"

　　巴克把霰弹枪放到了马鞍上，把自己的马骑过去挨着皮特，然后仔细地看着烟灰。这条猎犬慢慢地向前走着，它把头抬得很高来寻找气味的来源。他们走上一条分支小路，一直走下去是一个浅沟。两个人都默默地停下来，然后下了马。

　　前面的路泥泞不堪，凹凸不平，还有一些黑色的小土丘。有马刚刚走过，因为有新鲜的泥土被踢出来。烟灰紧张地往前走着，它沉浸在那些气味里，汤姆叫它，它就小跑着回到了他们身边。

　　"你掩护我，汤姆。"巴克轻声地说。

　　汤姆站在路上，他的步枪已经准备好随时射击。巴克往前走，蹲下来检查地上的马蹄印，然后站起来往回走，他十分开心。

　　"是驮队，至少有十匹载货马，"他揭晓了答案，"他们朝着蓄水池那条路走了。"

　　"然后呢？"

　　"我要让他们到那里去。其他那些家伙应该会出来帮他们卸货，

第　章

到时候我们就可以抓住他们所有的人了。"

"那我们还在等什么呢?"

"时间很充足。他们的驮队到达蓄水池那里至少要到午夜,我不想在目标进入我们的势力范围之前就惊动他们。放轻松吧!"

他们骑着马慢慢地往前走,离开主干道,走上少有人走的小路,朝着他们的目的地的大致方向前进着。这时候,从远处的山上传来了枪声,但是他们仍然继续骑着马前进。现在,他们正在很有激情地追踪他们的大猎物,任何事情都可以以后再处理。

他们来到了一个树木繁茂的山谷的尽头。巴克·布伦特下了马,然后拴好自己的马。

"在这里可以很好地观察前面的山谷。"巴克对汤姆说,"我去看看,你在这里等我。"

接着巴克就溜进了树丛中。汤姆一直在那里等着,不久巴克就回来了,他看上去十分迷惑。

"他到那里了。还是那个人,科尔·塞勒斯。但是,他的驮队只有四匹马,应该有更多才对啊。难道他丢掉了一些?"

"那我们现在做什么啊?"

"科尔他们一定是去蓄水池那里。我们可以去抓住他,以及那些帮他转移货物的人。我们最好让他们在我们的视线范围内。我要提前骑马去蓄水池那里,为科尔安排一个小惊喜。"

"听起来不错。"

他们骑着马回到了路上。这次他们选择走小路，很快就看见了蓄水池——在铁路旁边有一座红色的塔矗立在那里。巴克带头走进了一片茂密的白杨树林，距离蓄水池90米远时，两个人都下了马。他们轻轻地把马拴到了树上。巴克·布伦特看了看水池之间的树，然后转向汤姆。

"我不想在这里抓捕科尔，"他解释道，"因为我想等他们聚到一起的时候再把这群笨蛋一网打尽。要是科尔不出现的话，其他人就不会出现了。但是，他们会等着驮队。只要他们跟科尔碰面，我就可以抓住他们，你待在这里保证我们的马离我们远点。"

"这么有趣的事让我参加吧？"

"这是我的事，我还有一笔账要跟这帮家伙算呢。我可不想再次遇到麻烦，而且要做的话，我就会给你一个惊喜。"

"好吧，听你的。"

午夜终于到了。烟灰一直俯卧在那里，突然，它抬起头直直地往前走去。汤姆立刻骑到马上，他随时准备把手罩到马的鼻孔上，防止它们的嘶鸣声被别人听到。巴克·布伦特从白杨树丛里溜了出去，直奔蓄水池，一会儿就看不见了。

驮队来了，烟灰随着它们的到来头也跟着转，直到最后看到蓄水池。汤姆听到几匹马拥挤着走在一条小路上。他的后背传来一阵寒意，这时候对于他来说每一秒都像是一小时那么长。他告诉自己这就是他所希望和期盼的声音，也是麻烦。接着，他就听到了巴克的声音。

"快下来，汤姆。"

汤姆立刻抓起枪跑向了蓄水池，烟灰在一旁跟着。在昏暗的夜色里，他看见了驮队，在蓄水池旁边有一个人仰着头。巴克·布伦特就在他后面，这时候汤姆能感觉到红头发监督员正在满意地笑着。

"我把我们的'浣熊'赶下树，然后又追着他直接爬上树，汤姆。"巴克慢吞吞地说，"他很完美，难道不是吗？"

"从我这里你什么也得不到。"科尔·塞勒斯不高兴地说。

"你别动，否则后果自负。"巴克自信地对他说，"我拿着的这支枪可是装着双倍的铅弹，而且我不介意把两颗子弹都射出去，就像你们这些臭鼬对约翰尼·马格鲁德做的那样。"

"我不认识叫那个名字的人。"

"你当然不认识。"巴克讽刺地说道，"马上驮的是什么东西？"

"是柴火，我有权利做这件事。"

"是的，你当然有权利。汤姆，解开马背上的袋子，然后看一看他的柴火。"

汤姆解开离自己最近的马背上的结，把防水布袋子取了下来，然后弄断绳子。他让袋子重重地落到地上，然后解开。接着，他惊讶地喊道："他是对的，巴克！他们运输的就是柴火！"

"什么？"

接着汤姆又解开了另外三匹马身上的袋子，发现全都是笨重的柴火。他转向巴克。

"他说得对。四匹载货的马全都满载着柴火！"

"好吧，我太愚蠢了！"

突然，汤姆的声音变得兴奋起来："巴克，我知道是怎么回事了！"

"什么意思？"

"想想另外的六匹马！这个家伙只是为了把我们引开！剩下的人走其他的路去野猫岭了，他们可以在那里交货！"

说完这话之后他们都安静了一会儿。过了很久，他们听到了驮队朝城里走去的声音。然后巴克才用略显疲惫的声音说："你说对了，汤姆。他们又把我们打败了。"

"你不要泄气，我们还有机会啊，而且是个好机会。皮特和我可以去野猫岭击败他们！"

"我也要去！"

"你不能去！你的马跑不了那么快，而皮特也不会让你骑它的！就这样决定了！"

汤姆弯下腰，捡起一根被丢弃的绳子，拴到了烟灰的脖子上。

他把绳子的另一头交到巴克的手里，然后朝着白杨树林跑去了。

"让烟灰跟你待在一起！"他一边跑一边喊道。

"你自己要小心啊！"

汤姆没有回答。在汤姆拉着缰绳准备跳上马的时候，皮特感觉到主人很急躁，它紧张地跳了起来，然后又把自己粗壮的脖子稍微低下来一点。

"来吧，皮特，跑起来！"

听到主人的命令之后，小马冲了出去，它一边跑一边加速，当它正准备选择一条更好走的路时，汤姆阻止了它。那支驮队从城里来，他们去野猫岭之前一定会折回来。他们的路程几乎要比皮特跑的路程远十千米。汤姆思考着，然后他又对这匹斑纹马说道："用你最快的速度，跑吧，皮特！"

这匹小马跑起来几乎没有停顿，很快就越过山脉来到了野猫岭。这时候，汤姆听到远处传来了驮队开始攀爬他们遇到的第一个山坡的声音。他知道这声音意味着什么，那就是皮特要跑得更快。最后，他们及时赶到了。汤姆把皮特拴起来，然后自己朝着铁路跑了过去。

昏暗的星光下出现了一队马匹，有一个人拎着一盏红色的灯走在马儿旁边。汤姆放慢了步子。他听声音就知道，驮队在经过了之字形弯道之后已经开始加速了，而且通过那灯光，可以十分清楚地看到那个人。那人就是福瑞德·拉尔森——戴尔山城的马贩子。

汤姆举起枪，走到地势开阔一点的地方。

"谁在那儿？"福瑞德突然大声喊道。

"是狩猎监督员，福瑞德。"

听到这话，福瑞德·拉尔森紧张地往后退了两步，而汤姆也随之移动着枪。汤姆不愿意开枪，但是必要的时候他也会开枪的。

"放下你的枪，汤姆。"

意想不到的事发生了，汤姆突然感觉到有枪口正顶着自己的后背。这时他暗暗地骂自己笨，他应该知道他们不止一个人的。看来，他还是不可避免地掉进了他们的陷阱。没办法，他只好放下枪。

"里德·达瑟尔，是你吗？"他无奈地说。

"一下就说对了我的名字，厉害啊，汤姆。看起来你似乎比任何人都更善于猜谜。"

"别再废话了，"福瑞德·拉尔森说道，"火车马上就到了，火车司机怕是会起疑心。我们先把货装上火车，再来对付他。"

"动起来。"里德·达瑟尔发出了命令。

这时候火车头的大灯划破了黑暗，火车越来越近，越来越近了。福瑞德·拉尔森站在铁轨中间，挥舞着他那盏红色的灯。从火车开始刹车到停下的这段时间里，嘶嘶地冒出了大量的蒸汽。汤姆感觉到里德·达瑟尔那坚硬的枪口仍然顶着自己的后背。他什么也做不了。

货厢的门猛地打开了，里面的灯光照到了这一小群人身上。有一个人带着一条烟灰色的猎犬，还拿着一支双管霰弹枪，突然出现在了货厢门口。

"我有一个好主意，"巴克·布伦特说，"那就是谁也不要动。"

第三章

一 穷追猛打

听了巴克说的话之后大家都安静下来，汤姆甚至忘记了呼吸。里德·达瑟尔的步枪往前使劲地推了一下，更加贴近汤姆的背了，汤姆努力让自己站稳。然而，因为受到巴克·布伦特的声音的威胁，里德的力度减弱了。

"如果我是你的话，就一定不会扣动扳机。"

里德·达瑟尔变得紧张起来，他努力使自己放松下来，然后咕哝着说道："哦，我只是有点儿笨。"

"那样很好。不知道你的同伴是不是这样想的。好了，你知道那样会适得其反的。"

"你能对我们做什么啊？"福瑞德·拉尔森咆哮着说。

"至少有一件事是我可以做的，你别忘了，我可是有双管霰弹枪的。汤姆，把他们的枪全缴了。"

这时候烟灰从车里跳了出来，站到了汤姆旁边。它可以一口就把人撕碎，而这两个人似乎也感觉到它很可能会那样做。所以，当汤姆转身从里德·达瑟尔手里拽出步枪的时候他没有动。汤姆缴获了福瑞德·拉尔森的枪之后，自己的枪也找到了，同时巴克·布伦特也从车里跳了出来。

汤姆赞赏地看着巴克说："坐火车来这里可真是聪明啊，巴克。我完全忘记了火车到这里之前会在蓄水池那里停一下。"

"是的，我可不想错过这么有趣的事。而且，这么重要的时刻，我想我不应该缺席的。"

"你的选择太对了。你是怎么处置科尔的呢？"

"我把他捆在蓄水池那里了，而且，我们有帮手了，汤姆。"

突然，巴克举起了枪，在他举起枪的时候，枪里发出撞击声。接着他又把枪放了下去。这时候有一个人拎着红色的灯慢慢靠近了，然后出现了一位穿着蓝色制服的售票员，还有一位穿工装裤的消防员，火车司机则来回地检查着停下来的火车。

"出什么问题了？"售票员焦急地问。

巴克·布伦特简洁而又权威地说："我们是州官员——巴克·布伦特和汤姆·瑞恩思。我们正在没收这些被非法猎杀的动物，这些人正在准备将它们装上火车，而我们正在逮捕他们。我们将给你们相关的行李运输代理行出示逮捕令。"

售票员以一种不相信的语气问道："你的意思是德尔·伊斯特姆和一群恶棍混在一起了？"

"的确如此。"

"我不相信，先生。"

"我跟着他，从蓄水池来到这里，我很清楚！"巴克·布伦特全都说了出来，"是他告诉我的。谈到这个话题，我问你，你知道这些非法猎杀的野生动物是要经过你们的火车运出去吗？"

"完全不知道。这里的货物运输完全是代理人在负责的。"

"代理人应该是同意运输这些货物的，"巴克继续说道，"但是从现在开始，离开城里的火车都要不定期地接受检查，如果哪个人被查出来与偷猎的人有关系的话，都会被逮捕，同时铁路公司也会被指控同谋。去告诉你的上司叫他来处理。"

就在售票员要关起车门的时候，行李运输代理人摇摇晃晃地来到车门口，他一只手摸着下巴，茫然地往外看着。售票员一句话也没有说就把车门关上了，车上的乘员也都上了车，火车慢慢地开动了。

"你的话很有说服力，巴克。"汤姆在车轮声中大声地喊着。

"你猜怎么着？"

"我猜，从蓄水池来这里的路上，你向行李运输代理人讲述了动物保护原则，然后让他知道自己犯了多大的错误。"

"的确是那样的。"

"我猜对了，从他摸下巴的动作我就知道有什么事正在深深地影响着他。为什么我们不把他一起带走呢？"

"不。"巴克摇着头说，"我想要利用这些事控制住火车工作人员。如果逮捕他，我就不能确定他们之间到底有多少关系，重点是不了解他们。让他们自己想一想。下一次，这些铁路公司的员工们一定不会那么轻易地帮偷猎者运货了。要是火车不愿意载那些货物的话，那些家伙也许就会停止偷猎。因为除了火车以外他们没有其他办法把货物带到市场上去。"

"太好了。那现在我们做什么呢？"

"有太多的事需要做了。"他转向那些囚犯，汤姆可以从他的眼睛里看到愤怒。

"你们中间是谁伏击和砍伤约翰尼·马格鲁德的？"

"那个人是谁啊？"福瑞德·拉尔森问道。

"我不认识他。"里德·达瑟尔咕哝道。

"也许你们说的是事实。"巴克无奈地说道，"首先，你们当中没有谁有这样的头脑或者想象力可以撒谎；第二，要打败约翰尼，你们这些人都做不到，就算是加在一起也做不到；另外，如果是你们做的，你们必须要用到枪，而且还要藏在隐蔽的地方。"突然，他的手指猛地指向那些载货的马说，"既然如此，汤姆，解开那些货物！也许他们运的也是柴火。"

汤姆走向离自己最近的马，然后把它身上的包袱解了下来。烟灰站在旁边，在那些包袱掉到地上之后可以听见它嗅它们的声音。汤姆打开包袱，把烟灰推开，然后站了起来。

"这个包袱里装的是麋鹿和梅花鹿的肉。"

"其他的呢？"

汤姆用拳头使劲捶了捶那些包袱，发现都是软软的，拳头都陷了进去。在汤姆检查的时候，烟灰也努力地嗅着。

"全都是肉。"

"全都是，嗯！这样我们就可以提起诉讼了。"

从巴克的声音里可以听出他很满意。这几个月来他努力工作，为了抓住"黑麋鹿"组织，他一直都在拿自己的生命冒险。现在，他至少是抓到了一部分。他高兴地用严肃的眼神看着他的囚犯们。

"规则上已经写得很清楚了，即每一个违反规则的人都会受到制裁。问题是，那些马儿也算吗？如果这个我们不能得到正确的结论的话，那么，汤姆，整件事可能就要重新定义了。"

汤姆的脸上泛起了笑容。他认真地思考后说："是的，我们应该把这些马儿归类到违法成员里去，巴克，它们运输那些非法猎杀的动物。"

"你说对了！"巴克说道，"规则上还说，每一个监督员都应该使用合适的运输工具，那样最方便了。你有你的斑纹马，而你刚卸完货的那匹马对于我来说是最方便的了。当然，我们还需要它们运输的那些货物作为证据。好吧，你们两个，到这边来把这些货扛起来。"

里德·达瑟尔开始说话了："你不能让……"

这时候巴克·布伦特把手放到他的霰弹枪的扳机上，一小团火焰射了出来。大号的铅弹嘭的一声在里德的脚边化为了灰烬。

"你们都用这种枪弹进行过非法捕猎，因此你们清楚，它们可以在任何东西上留下相当大的洞。下一次我再开枪的时候会把枪口往上抬半米。"

那两个人被吓坏了，二话没说就朝着地上的货物走去。巴克还是拿枪指着他们。他们开始把非法得来的肉分成两包，这时候汤姆朝自己的马走去了。

当他回来的时候，那两个偷猎者已经用油纸把肉分成了两包，现在已经扛到了肩膀上。汤姆叫皮特停下来，然后用枪指着这两个家伙，此时巴克正在给他要骑的那匹马套缰绳。巴克上马之后又继续用枪指着那两个囚犯。

"很好。你走在前面，别一整晚都是那个动作，我们得在天亮之前赶到。"

"那怎么可以啊，"福瑞德·拉尔森可怜巴巴地说，"我背疼。"

　　"明天早上会疼得更厉害的。"监督员很确定地说，"跑起来。"

　　于是，那两个人就慢慢地沿着小路跑去。巴克骑着那匹年老的载货马在他们后面悠闲地走着，汤姆骑着皮特和五匹载货的马跟在不远的后面。烟灰小跑着，有时候跑到前面，有时候又跑到后面，但是它不会和囚犯们靠得太近。半小时过后，汤姆听见福瑞德·拉尔森发出抱怨的声音表示抗议。

　　"我必须休息。我扛着这些东西再也走不动了！"

　　汤姆心里默数了一下，刚过了三分钟巴克就又催促着他们继续前进。他计算了一下，巴克·布伦特骑着的马之前大约驮着90公斤的肉。这样，福瑞德·拉尔森和里德·达瑟尔分别扛着45公斤的肉。汤姆自己曾经也扛过那么重的东西，但不是在这么陡峭的小路上，也没有这么快的速度。想到这里，他催促着皮特赶上巴克的马。

　　"难道你不认为这样太粗暴了吗？"他轻声地说道。

　　"是的，"红头发监督员说，"但是我还想更粗暴一些。"

　　"没有必要这么做吧？"

　　"你太仁慈了。我要让他们记住，偷猎是没有好结果的。"

　　"他们似乎已经知道错了。"

　　"我也希望是这样。我不会杀死他们的。"

　　汤姆让皮特停下来，然后他们又走到了后面。也许巴克是对的，这些人偷猎不是为了自己吃，而是屠杀野生动物来卖。他们应该接受一次让他们永生难忘的教训。

在到达蓄水池之前，巴克·布伦特又让他的囚犯们休息了两次。当他们到达蓄水池的时候，烟灰闻到了科尔·塞勒斯的气味，于是发出警告的咆哮声。巴克骑着的马盯着那几匹装载着柴火的马，那些马儿把头抬起来，发出嘶鸣声高兴地和它打招呼。福瑞德·拉尔森和里德·达瑟尔赶紧放下包袱，让全身放松一下。科尔·塞勒斯在他被绑的蓄水池那边发出了哀怨的叫声。在听到这种悲惨的声音的时候正好黎明的曙光也出现了，巴克朝着汤姆咧开嘴笑了。

"你去把他弄过来，"他直接说道，"我看着这两个人。"

汤姆把皮特拴在一旁，然后走到水池那边去砍断捆着科尔·塞勒斯的绳子。这个被抓住的偷猎者挣扎着，生气地盯着汤姆。

他威胁说："你和那个红头发的人会听到别人这样说的——你们把我捆起来只是因为我运输柴火！"

然后，他充满愤恨地走向那两个坐在包袱上的被抓住的人。那四匹装载着柴火的马高兴地跑过来加入到新来的马队里。汤姆站到一边，以保证看好这些俘虏。这时候，巴克·布伦特找到自己的马骑了上去。巴克骑着马回来，他的霰弹枪随意地放在马鞍上。

"好了！"他命令道，"拿起你们的包袱启程了。"

“难道从这里开始你还要让我们走路？”里德·达瑟尔说道。

“那正是我打算做的。”

“现在有空闲的马了。”里德·达瑟尔一边说，一边指向那些假装运货的马儿。

“那样是不公平的，”巴克冷淡地说，“狩猎监督员不应该对违法者区别对待。那些马只是运输柴火罢了，我不能让你骑它们任何一匹。我不能歧视它们。”

“那你之前骑的那匹马呢？”里德不肯放弃，继续纠缠着，“它至少可以驮货。”

“不能了。它告诉我一直以来它根本就没有犯过罪，它只是被迫做你们要它做的事。它是无辜的。”

“我所希望的就是，”偷猎者凶狠地说，“有一天你没有带枪的时候和我再次相遇！”

“我所希望的，”巴克反驳道，“也是一样的事。我怎么也想不出，有什么事是比我帮你重新修整你的下巴更有趣的了。现在，你把包袱扛起来，要不然我就在你的裤子上开个洞。快走！”

汤姆看着他们，一句话也没有说。他曾经看到过毒蛇在一个懂得如何摆弄它的人手里无助的样子，现在的情景跟那个是一样的。要是里德·达瑟尔是一条蛇的话，他可能会摆动得像有轨电车一样。

太阳渐渐升起来了，阳光洒在这一队人马的身上。两个扛着重物的人走路开始蹒跚起来，汤姆认真地观察着他们。即便是马儿，负担太重或者工作太累也会崩溃的啊，而福瑞德·拉尔森这时候的确是很虚弱了，他看起来就快要崩溃了。这时候，巴克·布伦特停了下来。此时城市就在眼前了，像大多数山里的城镇一样，这座城市地处两座山脉中间地势相对平坦的地方。

"上前来，科尔。"巴克命令道，"交换一下，你去扛包袱。"

"我不——"

"我说了到前面来！"

科尔·塞勒斯走到福瑞德·拉尔森旁边。"你真的打算让我们一直这样走到城里？"他抱怨说。

"是的。你一定知道这里的人是怎么说狩猎监督员的。他们说，政府付钱给我们而我们却什么事也不做。那太伤我的感情了。我的目的就是向城里所有的人展示一下，我抓到了你们中间的一部分偷猎者。这也相当于是游行了，应该会引起很大的轰动的。"

他们慢慢地来到了城市的郊外，汤姆把手里的枪握得更紧了，因为骑着马带着抓到的偷猎者进城也不是一件容易的事。被抓住的这三个人对山里的野生动物造成了无法估计的损害，但是周围的旁观者看着他们这样被带出来似乎还有点儿公开地敌视监督员们。

那些盯着他们看的男男女女，旧时美国的传统想法已经在他们心里根深蒂固了。他们的祖父辈，甚至是他们的父辈，都想试着用小小的步枪来征服荒野。他们需要什么就去猎杀什么，而且大多数情况下已经成了滥杀。事实上，数以亿计的鸽子和数以百万计的水牛都已经像这样消失了，但这时候他们还是不能理解为什么他们需要改变这种传统。

汤姆收紧下巴骑着马继续往前走。他左看右看，看到的却只是带着敌意的表情或者是满怀好奇的眼神。这时候汤姆看到了一个头发浓密、戴着牛角框眼镜的小个子男人，那就是查尔莫斯·加索尼——那个研究野生动物的人，他正在惊讶地看着这队人马。汤姆对他咧开嘴笑了笑。他猜，这样的情形是那个小个子男人从没见过的。

汤姆拉住皮特的缰绳，让它停下来，然后抬头看了看前面的法院。

"继续走，"巴克亲切地说，"在看到法官之前，我们最好不要停下来。"

汤姆把烟灰系到皮特的马鞍上，然后跟着巴克·布伦特和他们的囚犯穿过法院那道华丽的大门，经过走廊走进了空空的法庭。里面的一切都显得昏暗且灰蒙蒙的，一个穿着黑色长袍的人坐在法官席上，他的旁边坐着枯瘦的职员。巴克和一个穿制服的军官简短地说了几句话，那个军官就走到职员旁边小声地说了些什么，之后职员又站起来轻声地对着法官说话。然后就开始了一个无精打采的仪式，这在汤姆看来完全是没有必要的，接着职员宣布开庭。那个穿制服的军官大步走过走廊，用他那短而粗的手指指着巴克。

"来吧，"他说，"你可以上前来陈述了。"

巴克带着那些囚犯沿着走廊往前走。汤姆跟在后面，他好奇地看着监督员巴克大步地往前走，然后站到了板凳前面。

"我们是地区狩猎监督员巴克·布伦特和汤姆·瑞恩思，"他清楚地说道，"我们带这三个嫌疑犯来这里，是要控告他们违反法律狩猎。"

"让我看看你的证件。"法官说。

巴克递给他们，他们检查过后交还给了他。法官背靠在椅子上平静地看着巴克。

"你们要控诉什么？"

"法官大人，"巴克·布伦特开始说了，"在相当长的一段时间里，有一伙人有组织、有计划地滥杀野生动物，然后出售到城里的市场上非法牟利，我的职责是逮捕他们。请您根据《狩猎法》第二——"

"我知道法律。"法官打断他说，"继续说。"

"昨晚，"巴克继续说道，"汤姆和我发现了他们，当他们正要装载梅花鹿和麋鹿肉上火车离开这里的时候，我们逮捕了他们。我们——"

"那不是事实，法官大人，"科尔·塞勒斯插话道，"我运输的除了柴火没有别的东西。"

法官狠狠地敲着法锤说："一个一个地说。然后呢，监督员？"

"科尔·塞勒斯，"巴克·布伦特继续说道，"他靠近蓄水池的时候那些马驮着的确实是柴火，但另外两个人却带着六匹马去了野猫岭，而且满载着非法猎杀的梅花鹿和麋鹿肉。我们有理由判断，科尔是为了诱导我们找不到他们的犯罪证据。"

"为什么呢？"法官问道。

"一开始他们是十匹马一支驮队，脚印都在一起。之后，科尔却留下了驮队的四匹马，很明显是为了引开我们。"

"呈上证物。"

"好的，在这里。"

"我只是运输柴火到蓄水池那里。"科尔·塞勒斯辩解道。

"法官大人，"巴克·布伦特反对道，"有人会深夜在深山里运输柴火吗？这种理由完全没有根据，他可以就在附近的地方砍柴，为什么要费劲运输呢？"

"没有这样的法律，"法官严厉地说，"没有规定谁一定要在什么地方什么时间运输柴火。你的权力没有那么大，没有证据，就没有权力随意逮捕别人。针对这个人的控诉予以驳回。"

"但是——"

"这件案子就这样了！"

巴克控制着自己的情绪，但是汤姆可以看到他脖子上的青筋都鼓出来了。科尔·塞勒斯咧嘴笑着离开了法庭，然后法官转过头看着巴克说："我希望你能有更好的证据来证明这两个嫌疑人有罪，布伦特先生。"

"我们有，法官大人。福瑞德和里德被监督员汤姆当场抓住，他们正在用六匹马运输非法的货物。我到达现场的时候发现里德已经摆脱了汤姆，而且还用枪指着汤姆。"

法官看向汤姆："在此之前，你是不是也用枪指着被告人呢？"

"是的，先生。我认为——"

"继续。"法官命令巴克。

"这些人的目的很明显，他们是要把他们的货物装上火车，然后运到别的城市去卖掉。"

"我们不是打算卖掉的，"里德·达瑟尔插话道，"在柳树湾有七家人，他们的生活很拮据。我们只是想把这些肉送给他们而已。"

"但是你们为什么要在不合时宜的季节猎杀梅花鹿和麋鹿呢？"

"国家的法律应该被尊重和传播。"法官平静地说，"达瑟尔先生，动物提供给你食物，还有拉尔森先生也是一样，每个人都是一样的。不过，我发现他们这样做也是情有可原的。在这一地区，《狩猎法》相对还比较陌生，他们大部分人都习惯了按照自己的意愿捕猎。我决定处罚被告人每人一美元，而且给予警告，如果他们再犯同样的错误，我绝对不会再宽大处理了。"

"什么？"巴克·布伦特吃惊地说。

法官敲着法锤整顿法庭纪律："你怎么这么不守规矩，布伦特先生？"

"我不守规矩？我们当场抓住了这些无耻之徒，而你只是给予他们每人一美元的处罚和警告！《野生动物保护法》——"

"布伦特先生，这次开庭是由我主持的，要是你不能控制好你的情绪，我可以控告你藐视法庭。"

"你说得对！"巴克·布伦特吼道，"这个法庭的确有许多地方是让我鄙视的！为什么你这个老——"

"藐视法庭罚款50美元！"法官恐吓道，"警官，赶紧把这个人赶出去！"

"巴克，冷静点！"汤姆小声地说，"这样没有任何好处。"

汤姆知道巴克·布伦特不该受到如此待遇，他虽然很同情他，但是也没有任何办法。汤姆推着巴克转身，把他推到了侧廊。巴克一下子就蔫儿了。

"让我们离开这个像剧院一样的法庭吧，"他含含糊糊地说，"在我开始笑出来之前。"

他们肩并肩走上了侧廊。这时候，汤姆才注意到有一个小个子男人坐在后排。

"哟！"查尔莫斯·加索尼钦佩地说，"你的脾气可真大啊，布伦特先生。"

二　教　育

巴克·布伦特和汤姆生着气大步地离开了法院，他们挤过门口拥挤的人群，向着磨坊走去。科尔·塞勒斯正在那里喋喋不休地说着。

"法官大人说这个案子结了，"科尔笑道，"那两个狩猎监督员根本什么也做不了！你们真应该看看刚才他们说话时的脸色！我都快笑死了！法官说了，事情就这么结束了！居然还妄想要因为杀死了几头梅花鹿就逮捕我们！要是他们在这里，我就——"

这时候巴克·布伦特走到了他的后面，他把右手放到了科尔·塞勒斯的头上，使劲地推了一下，这个偷猎者就转了一圈倒在了一个站在他旁边的胖男人的脚边。他回过神来，朝四周看看。他看到巴克·布伦特的脸和脖子比他的头发还要红。

"要是监督员落到你手里，你要怎么做呢？"巴克咆哮道，"或者说你认为你可以做什么？现在他们就在这里，让我们看看你要做什么！"

科尔·塞勒斯被这突如其来的攻击吓到了，四处看着寻求帮助。

"也许，"监督员继续挑战地说道，"你最好站起来，向周围的人们展示一下你应该对监督员做什么。也许你有两三个朋友可以帮你！也许，"他大声喊道，"每个人都可以一起来！"

汤姆拉住巴克的手臂。"别这样。"他小声地说。

巴克甩开汤姆的手。"你走吧！"他吼道，"别管我。"

"巴克，你这样做对我们没有任何好处。你必须冷静下来。"

"啊！我没法儿冷静！难道要我回去跟那个顽固不化的法官说，我觉得他和他的法庭太自命不凡了吗？一美元的惩罚，别再做那种事了，要不然的话我就要罚你两美元了！老掉牙的疯子！"

"但这样做也不是办法！"汤姆告诫道，"这样做对于我们只有伤害，没有一点儿帮助。就算你现在跑回去掀翻桌椅也没有办法改变法官的想法。"

巴克不情愿地接受了汤姆的话。在愤怒中，他们扒开拥挤的人群大步地离开了。烟灰站起来迎接他们，友好地摇着尾巴。

"这些肉怎么办呢？"汤姆指着那些驮着货物的马问道。

"留给法官大人当晚餐吧，"巴克嘟曨道，然后爬上了他的马，"我们的工作已经完成了。"

汤姆也上了马，烟灰就跟在他旁边小跑着出城了。在他们后面，

第三章

人群里不停地传来嘘声。巴克对此毫不在意，他一直都保持着沉默，直到出了城。

"我认为我就是个傻瓜。"他说。

"你的确做了点傻事，"汤姆认同地说，"说法官是疯子你什么好处也得不到。"

"我真的那样说了吗？"

"你说了，"汤姆咧嘴笑着说道，"你还说他是块顽固不化的石头，就像我们的小朋友说的那样。你脾气很不好啊，布伦特先生。"

"干脆辞职算了！"巴克抱怨道。

"那样的话你就更愚蠢了。要是你放弃了，'黑麋鹿'组织会更加肆无忌惮的。"

"好像只有我们才关心他们的行动。"

"现在的确只有我们才关心这事儿，但是总有一天每个人都会关心这事儿的，只要我们坚持下去。是你带着我做这个工作的，而且我开始喜欢上这份工作了。这是一份很有意义的工作。"

"是的。里德·达瑟尔、科尔·塞勒斯和福瑞德·拉尔森那些坏蛋到处跑，随时准备猎杀动物，可是当他们被抓住的时候法官只是处罚他们每人一美元，事情居然是这样的。"他咬着牙说道，"我真想拿起一条麋鹿的腿回到法庭上去，"他轻蔑地发出哼声，继续说，"然后用那条腿狠狠地敲打法官。每打他一下我就说一句：'有感觉吗？这本来是属于我们的公共财产。'"

"今天不行，来不及了。"汤姆急忙说。

"是的，也许今天的确不行。"

这时候他们走上了山路，马儿也累得慢了下来，跑不动了。烟灰离开了正路，跑向了旁边的那条小溪。它很渴，大口大口地喝水，然后跳过了小溪，在另一端的上游透过树丛传来了它的鼻息声，然后，它又穿过了一个河狸造的水坝。汤姆在路过水坝的时候检查了一下，然后再次惊叹动物们的聪明才干——居然能做出这么巧妙的建筑。同时他也注意到，河狸们正在为秋季和冬季的到来做准备。

他们离开大路走上了森林里的小路，一路小跑了大约一小时才走上了那条通往家的小路。在森林里，阳光不能完全地照射进来，汤姆冷得有点儿发抖。虽然还是夏末，但是空气中已经弥漫着丝丝寒意，告诉人们秋天就要来了。他们骑马经过了那片被烧过的地方，然后走向山谷，在就要到达空地的时候马儿们开始慢跑起来。

当他们停在牲口棚的时候，汤姆看见一张字条被钉子钉在那里。他把上面的内容大声地读了出来：

> 我把燕麦放在你的谷仓里了，汤姆，还有一些食物和信件，已经放在屋里了。祝你好运，孩子。
>
> 鲍勃

131

汤姆看完字条后十分感激鲍勃，因为他知道，至少他和巴克还有同伴。鲍勃·哈尔沃森，他是戴尔山城杂货店的老板，年轻的时候是个猎人。但是很明显，他现在不再喜欢屠杀了，而且也认可《狩猎法》。

"无论如何，我们还是有追随者的。"巴克说道。

"而且我们的马儿还得到了一些燕麦。"汤姆继续说道，"要是你愿意照顾马儿，我就去准备我们的食物。"

"好的，但是要多做点。我都饿得可以吃掉屋子的房梁了。"

汤姆生起了火，然后去小溪那里提了一桶水回来。当他回来的时候，巴克已经舒服地躺在床上了，他正要读鲍勃·哈尔沃森留下的信件。

"是一封总部寄来的信，"他说，"也许我要升职了。"

"或者是由于藐视法庭被解雇呢。"汤姆反驳道。

汤姆把水倒进水壶里，又放入了一小把咖啡，然后把炉子的盖子打开，把咖啡壶放到炉子上，火苗吱的一声蹿了起来。他拿出几个鸡蛋，切下12片熏肉，然后把这些都放进了那个最大的锅里面。当熏肉开始发出吱吱声的时候，巴克轻蔑地哼了一声。

汤姆转身看着他问："怎么了？"

"听听这个。"红头发的监督员拿起一封信，说道，"这就是他们所谓的部门指令：'长期以来，我们都认为监督员们用武力来管理是不明智的。那些违法捕猎的人虽然是被强行制止了，但是他们的内心依然是不满的，这样一来他们一定会进一步做出违法的事。所以我们应该多考虑采用一些教育方法，那才是正确的开始。监督员们应该找机会宣传他们的工作实质，特别是在教堂、学校和其他公共场所。因此，强烈建议你们向那些有可能违法的人解释监督员存在的原因，尤其是第一个罪犯。向他们解释保护野生动物的原则，比威胁逮捕他们有效得多。所有的监督员都应该采取相应的行动。'"

巴克轻蔑地哼了一声，直接把指令扔到了地上："现在我算是看清楚了！"

汤姆想了想说："我不这样认为，巴克。我觉得这个指令对我们来说是有用的。"

"那么，"巴克抱怨说，"我建议你去向里德·达瑟尔和他的公司解释保护野生动物的原则。"

"我不是那个意思，"汤姆说，"里德和他的同伙是不会改变他们的本性的。但适当的保护还是有意义的，他们不听还是有别的人会听我们解释的。"

"谁？"

"那就要靠我们自己去找了。"

"那我们要去哪里找那些愿意听我们解释的人呢？"

"哦，你还在因为我们抓到的那三个人没有受到应有的惩罚而

第三章

生气吗？难道我们就不能试一下吗？"

"没问题啊。如果可以阻止偷猎行为的话，我愿意试着用一根手指按到一个20米高的松树桩上面而且保持平衡。"

"现在我们为什么不结束不愉快的谈话，然后吃点东西呢？"

汤姆把炸得酥脆的熏肉从锅里盛出来，然后一个接一个地打了12个鸡蛋到锅里。他把几个盘子和一条面包放到桌子上，然后把刀叉放在中间，接着就开始把熏肉和鸡蛋分成两份。

"过来拿吃的。"他喊道。

巴克站了起来，饥饿地看着盘子：“我已经注意到了，锅里有那么多鸡蛋，有大有小。为什么我盘子里的都是小的？"

"哦，坐下来吃吧。"

他们都痛快地吃了起来，然后汤姆给了已经开始打哈欠的烟灰一些混合的残羹剩菜，烟灰开始吃了起来。这时候屋子里已经响起了一种不和谐的呼呼声，汤姆四处看看，才发现原来巴克已经睡着了。

汤姆坐在自己的床边，脱下靴子，也开始打哈欠了。其实还有一些事要做，他还得再抓一些鲑鱼，屋子也要打扫一下。不过他选择了直接躺下，他的头一挨到枕头就睡着了。

当他醒来的时候，有微弱的光线从窗户照进来。汤姆赶快坐了起来，他很惊讶，那居然是晨光。也就是说，他居然从昨天下午一直睡到了第二天早上。

这时候，他听到了炉子里柴火被烧裂的声音，还闻到了新鲜咖啡的味道。红头发的监督员已经完全恢复了他平时的那种精神状态。"嘿！"他向汤姆打招呼，"看起来你今天是要出门施教了。"

"那是肯定的。"

"那好，建议你先去溪边看看那里有没有一些不那么难抓的鲑鱼。我饿了。"

"你总是饿。"

说完汤姆拿起了他的鱼竿，走过带着露珠的草地来到了小溪边。他把渔线甩出去，几乎立刻就钓到了一条鲑鱼。他换了个地方又把渔线甩了出去，不到十分钟就顺利钓到了六条鲑鱼。汤姆把那些鱼清洗干净，然后带回了小屋，交给了巴克·布伦特。

"给你，老大。难道你还要我来煮鱼吗？"

"今天早上就不用你亲自煮了，我还是很有干劲的。"

"那就把劲用到工作上吧。"

巴克把鲑鱼放在新鲜的玉米面里滚过之后，又把它们炸得脆脆的。等到他们吃完早餐的时候天已经大亮了。监督员巴克无奈地看着这些脏盘子。

"我们可以直接让烟灰把盘子舔干净吗？"他开玩笑说。

"哈！你的干劲到哪里去了？"

巴克一边抱怨一边洗碗；汤姆扫地，他用纸板铲起灰尘和垃圾倒进了炉子里。等到巴克把盘子洗完的时候，汤姆也叠好了被子。

"愿意和我骑马出去走走吗？"巴克问道。

"当然愿意。你要骑马去哪里？"

"去比尔·托利维家。"

"我觉得比尔好像不再欢迎我们了。"

"不管他欢迎不欢迎，我都要去，我不是去找茬的。约翰尼·马格鲁德还在那里，我要去看看他怎么样了。"

"我不跟你去。"

"很好。那我们现在就出去跟人们讲道理，比尔看起来很有可能会听。他一定可以接受教育的。"

最终，他们骑着马上山朝着比尔家去了。烟灰还是和以前一样傲慢地看着比尔的猎犬们。汤姆惊奇地看着这些猎犬，然后数了数，发现猎犬没有以前那么多了。他们骑着马靠近房子后，看见了一个用三根棍子做成的三脚架，上面挂着那头黑色的野猪。巴克·布伦特吹了一声口哨。

"哇！好多肉啊！那是野猪吗？"

"肯定是！想不想知道比尔最后是怎么捉到它的？"

汤姆环顾四周，看见苏·托利维走了过来，把她那两只胖乎乎的手环在烟灰那皮肤松弛的脖子上。烟灰走得很慢、很小心，它可不想惹恼她。汤姆看着她笑了。

"你好，小宝贝，"他说，"你的祖父在哪里？"

巴克·布伦特下了马，抱起这个小女孩，把她举得高高的。苏高兴地欢呼起来，烟灰在一旁看着，轻轻地摇着尾巴。

"你们来做什么？"突然比尔·托利维声音粗哑地说道。

巴克把苏放到地上转身面对老人。"你好，比尔。"他亲切地说道。

"有何贵干？"

汤姆点点头说："嗨，比尔。"

比尔没有回答。

"要是你允许我说话的话，"巴克愉快地说，"我想看看约翰尼·马格鲁德。"

"只有五分钟，"比尔咕哝道，"医生说的。你可以进去，但是汤姆不可以。"

然后巴克就走进了屋里。汤姆骑在皮特背上等着，很不舒服地向四周看看。他看到黑色的野猪，试着小心地说起话来。

"我知道你抓到它了，比尔。"

"是。"

"为了抓它你还失去了几条猎犬，是吗？"

"是。"

汤姆进一步说："比尔，那你为什么不停止呢？"

"停止什么？"

"这就是你的态度吗？总是不愿意跟我正面交谈！我做监督员的工作，是因为我认为他们做的是对的！我知道，无论什么时候，只要你喜欢就会去射杀梅花鹿。要是你在适合的季节射杀雄鹿那是正常的，但是如果你在不恰当的时候捕杀它们的话，那你杀死的就不只是雄鹿了！这样你也会杀死可能生出的小鹿！如果你射杀一头母鹿，你就是——"

"汤姆·瑞恩思！"比尔·托利维吼道，"留着你的话对别人说吧，我不想听！在你还穿开裆裤的时候我就开始在山里打猎和捕鱼了，我以后也会继续那样做。我不需要任何人在我耳边喋喋不休地说，我已经算是你的父辈了，你没有资格跟我说什么时候该做什么！你的话还是留着说给自己听吧，你这个傲慢的小家伙！"

"为什么这样说？你真是个山里的流氓！我要——"

"你们两个是在互相教育对方吗？"巴克愉快的声音打断了他们的谈话。

汤姆坐在马鞍上，看到巴克已经出来了，正朝着他的马走去。

"要是你们没事了，就可以走了！"比尔·托利维嚷道，"还有就是那个人的伤好了，可以动了，你们赶快带他走！"

"好的，后天我就来带约翰尼到城里的医院去，比尔。"巴克肯定地说。

然后，巴克掉转马头一路小跑着离开了比尔·托利维的家。汤姆跟在后面，烟灰跟在最后。等到了树林里的时候，巴克拉住缰绳，让马儿慢慢地走，然后转向汤姆。

"怎么样，"他问道，"我们的教育计划有进展吗？"

"没什么进展。"汤姆承认道，"你那边怎么样了？"

"你的猎犬是对的，汤姆。不是野猪袭击了约翰尼，有人在他刚走上克莱萨路的时候袭击了他。他说有可能是从树上打过来的棍棒，或者是投掷的石头。那人靠近的时候他已经晕了。他唯一可以确定的就是他们是男人。"

"他现在怎么样？"

"很虚弱，但很快就会好的。"

"可是现在他还是没想起任何打伤他的人。"

"一个人都不记得了。这增加了我们的查找难度，难道不是吗？"

"看来是这样。接下来要做什么？"

"哦，既然我们已经来到了

这里，那我们就去劝说特雷弗·盖诺德吧。"

他们骑马走上了一条狭窄的小道，安静地走进了一片空地。在稍远的地方，一头母鹿和两头小鹿像幽灵一样移动着。一个人正拿着枪站在屋子旁边。他又高又瘦，眼睛是浅蓝色的，下巴和嘴唇都很薄。在监督员们骑马走近的时候他突然转过身来。

"我们想和你谈谈，盖诺德先生。"巴克·布伦特礼貌地说道，"是关于狩猎的事。"

"好吧，"特雷弗·盖诺德紧张地说，"哦，好。我——"

"你知道现在不是捕猎的季节吗？"

"是的，你跟我说过。"

"难道你不知道在这个时候每猎杀一头野生动物，明年的动物就会减少吗？"

"我当然知道。"

"你不会在不合适的时候猎杀野生动物的，对吗？"

"当然不会。"

"我们可以得到你的配合吗？"

"当然。"

"谢谢你，非常感谢。这对于我们来说意义重大。"

"哦，不客气。"

汤姆和巴克骑着马离开了空地，回到了主干道上。巴克拉着马儿的缰绳让它走到了皮特旁边。

"我想知道，"他忧郁地说道，"在我们吓跑那些梅花鹿离开空地之后，他需要用多长时间才能再找到它们。"

这时候他们听到了远处传来的枪声。

"就这么长时间。"汤姆抱怨说，"我们要回去吗？"

"没必要了。他会把猎物藏起来。我只希望他没打中。"

他们无论白天黑夜都骑着马四处巡查，但是现在他们所看到的唯一新鲜的马蹄印就是他们自己的马留下的。也没有驮队去铁路边，只是偶尔听到山里传来可疑的枪声。很显然是"黑麋鹿"组织干的，要是不扫除他们，留着终归是祸害。

就这样，时间慢慢过去了。到了八月十五日那天，巴克在汤姆回到屋子的一小时之后也回来了。他走到脸盆那里，把手浸泡在冷水里洗了起来。

"你为什么这么兴奋啊？"汤姆问他。

"我们的教育计划，"巴克高兴地说，"已经向前迈进了一大步。今天下午，特雷弗·盖诺德在杀死一头梅花鹿的时候被我当场抓住了。"

"你绑了他？"

"根本不是那样，不是那样的，"巴克一边拿起毛巾小心翼翼地擦干他那伤痕累累的指关节一边说，"我只是给他上了一课。"

三　新来的监督员

九月下旬的一天，汤姆骑着皮特去了戴尔山城。烟灰高兴地跑在前面，兴奋地检查和收集着各种各样的气味。他们冲出森林，然后走进了城郊区。

城里没有什么变化，对于这一点汤姆并不觉得奇怪。还是那些马，还是那些商店，还是那些悠闲的人坐在那些同样的长椅上。随着天气逐渐变冷，那些人将不会再坐在外面了，那些悠闲的、大腹便便的人将会回到屋子里，围坐在火炉旁边。

烟灰依旧是一副悲伤的表情，它低着头小跑着，耳朵几乎都拖到地上了。它直直地往前走，这条爪子很大而且脾气古怪的猎犬除了对它偶然追踪到的一个气味感兴趣以外，对其他任何事物都不在意。这时候，汤姆发现戴尔山城有了一点变化，至少城里有了一条不错的猎犬。

街边出现了一条猎犬，它直直地站在那里，矮小但是健壮，黄色的毛发，耳朵短短的，下巴厚厚的。它看着烟灰，很明显是准备开始战斗了。

汤姆拉住缰绳让皮特走慢点，同时仔细地看着烟灰。他一直都知道，每个动物都有自己的气味，例如鼬鼠，它们会尾随着兔子，不会偏离自己想要的气味。汤姆一直都搞不懂那些动物是怎么准确地得到其他动物身上发出的气味和意图的。但是，汤姆知道自己的猎犬已经知道了黄狗想要跟它打架，虽然烟灰甚至都没有抬头。

汤姆看着黄狗走了过来，根据它的外表和动作，汤姆猜测着它的故事。是不是有人认为它是一条好狗，所以把它带到戴尔山城来的呢？或者是它走丢了，误入城里，想留在这里不走了？不管怎样，很明显这条黄狗是一个斗士。毫无疑问，它已经彻底地打败了城里所有的狗，而且现在它认为自己是不可战胜的。当它们之间的距离只有大约15米的时候，黄狗冲了过来。

它是想占得先机。它傲慢地向前冲，企图把烟灰扑倒在地。尽管这样，烟灰还是显得很从容，因为必要的时候它的速度可是相当惊人的。这时候它躲开了，等到大黄狗到了烟灰刚才所在的位置的时候，烟灰猛地冲了过去。随着一声痛苦的号叫，黄狗翻倒在地，它站起来后仍然痛苦地叫唤着，接着就拖着一条腿跑掉了。

那些坐在长椅上的无聊的人本来打算看一场好戏的，现在都有些失望。汤姆笑了笑，心里想着，他们不知道的是，如果一只狗能

在比尔·托利维那一群好战的猎犬的攻击下取得胜利，那么那只狗基本上就可以算得上是无敌了。

当汤姆骑着马经过长椅去鲍勃·哈尔沃森那里的时候，那些无聊的人都毫不掩饰满脸的怒气。汤姆把皮特拴在门口，但是把烟灰带了进去。戴尔山城的每一个男性居民在过了七岁生日之后，都会被大人教授怎样使用武器，这里的人都很好战，有人可能不喜欢这样的结局，但是烟灰已经把那条黄狗打飞了。

鲍勃·哈尔沃森从他的小办公室里出来迎接他们。

"你好啊，汤姆，"他咯咯地笑着说，"看见你真高兴。我还以为你回到山里找了一个洞，像老熊一样准备冬眠了呢！"

"那不是我的习惯，鲍勃。你这里怎么样？"

"很好。监督员的工作做得怎么样了？"

"不好不坏。巴克和我很长一段时间以来除了例行巡逻之外什么事也没有做。"

"我听到一些小道消息，"鲍勃·哈尔沃森神秘地说，"你和巴克已经阻止了'黑麋鹿'组织。"

"嗯，据我们所知，这么长时间了，没有什么野生动物从山里运往外面。"

"好，好！"

"要是我们真的阻止了他们，那当然是好。"

"这是什么意思，汤姆？"

"有一些事让我很着急，"汤姆抱怨道，"巴克和我都不知道'黑麋鹿'到底是谁。我们抓到的只是他们组织里的三个成员带着一队马运输非法捕杀的野生动物。之后，我们再没有得到关于他的更多信息。"

"一定是你们吓到他了。"

汤姆摇摇头说："真希望我也能那样想，但是事实不会是那样的。能运营一个捕猎市场的人，而且是那么大规模的一个市场，他不会一遇到有人干预就夹着尾巴惨叫着回家的。我怀疑他现在只是暂时地沉默，直到有大宗生意才开始行动。"

"巴克是怎么想的？"

"我们给他们带来了一些威胁，或者吓跑他们了。巴克认为他们转移了，这里没有他们想要的那种刺激了。"

"你和巴克都做了什么？"

"我们正在教育山里那些偷猎的人。我们会不时地，或者说是我会不时地带一个偷猎者到城里的法庭来。我尽量让巴克远离那个法庭。"

"你们有什么进展吗？"

"上个星期二，我们简直就是破纪录了。我们抓到布兰得·利马丁在非捕猎季节捕了130条鲑鱼。法官处罚了他五美元。"

"傻瓜，真是个大傻瓜。"鲍勃·哈尔沃森透过窗户看着街上那些穿着拖鞋的人说，"那些人除了夹着尾巴坐在那里之外，根本什么事儿都不愿意做。如果他们不去找一份工作，有节制地捕猎，而是在不适合的季节滥杀动物，那么不到十年这个城里的人就要饿死一半了。每一趟列车都会带来一群猎人或者渔夫，猎人和渔夫就会布满整个戴尔山城。"

"这些人还在戴尔山城外偷猎？"汤姆问道。

"他们都会去的，我认为。"鲍勃·哈尔沃森咕哝道，"也许你和巴克可以在这里上上课。"

"应该很有必要。"

这个老人恶狠狠地说："唯一的办法就是狠狠地踢他们的裤裆。"

"那是巴克的强项，"汤姆笑着说，"而我不得不承认，那样做有时候是有用的。有很多去山上偷猎的人都很小心，因为他们都被巴克教育过了。跟你说，鲍勃，我来这里是想问问，可不可以借用你的锯子和钻子几天。巴克和我需要一些木头。"

"去拿吧，汤姆。工具在谷仓里，谷仓在牧场。"

"谢了。你能为我准备一些鱼饵和马饲料吗？"

"当然可以。你去取了钻子之后过来拿。"

汤姆骑着马去了鲍勃·哈尔沃森的家。他的家就在城外不远处。有必要说明一下，鲍勃有一个圆锯，是由汽油发动机带动的。这是个巧妙的机械发明，老人已经用它工作了好几周了。使用这个工具的话，两个男人用半天锯的木头会比六个男人一周锯的木头还要多。汤姆找到了鲍勃的一系列工具，他把锯子系在皮特身上，然后就开始往鲍勃的店里走去。他在鲍勃的店里取了一些他需要的日常用品，然后就骑马回山里了。

当他到达一座山的顶部的时候，他让马停下来，休息一下。疲倦的马儿也十分感激可以停下来，它抬起一条腿，把重心放到其他三条腿上。皮特焦躁不安地跳着，同时鼻孔里呼哧呼哧地喘着气，似乎是急于把身上的负担放下来。烟灰站在他们前面，目不转睛地盯着对面山上的森林。

汤姆观察了烟灰一会儿。烟灰的头抬得很高，它应该是看到了谁，而不是闻到了人的气味。汤姆把缰绳挽起来放到了马鞍下面，然后跳下马来。烟灰怀疑地向四周看看，当汤姆向它挥手的时候它就向前走去了。烟灰进入了森林，径直往与这条小路平行的另一条路走去。它来回地走动着，比起小路来，它似乎对环绕在上面的树枝更感兴趣。汤姆看了看那条路，发现至少有六匹马曾经过那里，它们中有些马很可能是载货马。

汤姆很不情愿地回到了锯子那里。这时候最好还是跟着那些脚印，看看到底是谁跟那些马在一起，他们又为什么在那里。但是，他现在不得不先把锯子带回家去，因为鲍勃的马也在这里，它们只是些普通的马，不能单独待在这里。如果把它们绑在这里，它们会很紧张；要是不绑，它们很有可能就沿原路返回戴尔山城去了。

当汤姆再次上马的时候，他的怀疑消失了，因为任何一个山里人都可能会为冬天准备很多用品。或者是一些登山爱好者，他们带着帐篷。在山里出现六匹马的足迹，有很多种完全合理的可能，仅仅因为看见几匹马的足迹就断定有人要偷猎确实有点勉强。

汤姆沿着小路直接回家了。烟灰离开他，跑在前面，它的尾巴摇着，看起来很快乐。它跟巴克·布伦特已经很熟了，这个监督员总是拿着报纸拨弄它的耳朵。烟灰本来发现有人靠近正要发出警告的咆哮声，但当看到原来是巴克后就摇起尾巴来。

当汤姆在小屋前停下的时候，巴克正坐在最高的一级台阶上，而烟灰蹲在他旁边。监督员挥舞着一封他看过的信。

"我到城里去取信，"他大声说道，"除了约翰尼·马格鲁德写信说他再过两周就可以出院了，没有其他信件了。"

"太好了，"汤姆说，"他会回到这里来吗？"

"他也不知道。他有可能被派到其他地方去，这里现在这么平静。"巴克无精打采地看了看天空说，"你知道吗，汤姆，我认为那些袭击约翰尼的人已经不在山里了。"

"你认为他们会去哪里？"

"当然是逃到不会被抓的地方去了。我确定，我一定会抓到他们的！"

"就算你抓不到也不能怪你。"汤姆冷冰冰地说，"你知道这个星期你提交了多少份申请要调离这里吗？"

"该死的！"红头发的监督员喊道，"总部的那些人没有再交给我任何工作！我们现在做的这些工作谁都可以做！"

"也许他们找到了其他的暴力分子去抓偷猎的人。"汤姆咯咯地笑着说，"看来你要把你无助的后半生花在教育山里人上面了，巴克。"

"你还说！要是他们不允许我调离的话，我就辞职，然后加入海军陆战队什么的！"

"打起精神来，"汤姆故意说道，"今天山里又出现了新鲜的马蹄印。有人带着驮队经过了斯图尔特岭。"

"也许是一群孩子去野营，"红头发监督员咆哮着说道，"这里没有更多的事了。"

汤姆为鲍勃·哈尔沃森的马儿卸下负担，然后就去喂马了。第二天早上，天刚蒙蒙亮的时候，他们就用鲍勃的砍树工具开始工作了。他和巴克砍树和修剪树枝。就这样，他们用了三天时间，在北风和小雪的包围下锯着木头。第四天，汤姆归还了鲍勃的工具。之后的一个月，他们还是骑着马进行日常的巡逻。

这种工作确实很单调，单调到令人乏味——结合山区地形，考察盐层带并观察其他地方是否有偷猎的迹象。当他们发现有非法捕猎的迹象之后就跟踪上去，去搜查那些有可能偷猎的山里人的屋子。汤姆好多次带着偷猎者到城里的法庭去，看着他们接受很轻的罚款，而巴克·布伦特除了嘲笑城里的法官之外还继续教育着山里的人们。

尽管表面上看起来他们好像什么也没有做，然而事实上他们的工作已经开始起作用了。只靠两个监督员要阻止一切违法的人那是绝对不可能的，但是他们一点一点地减少了偷猎活动。他们中间有的人不再只是以打猎为生，他们想要梅花鹿或者麋鹿的时候不再只是厚着脸皮出去偷猎，然后公开地带着载货的马驮回去了。虽然没有几个人配合监督员们，但是监督员们已经开始受到尊敬了。汤姆认为，让山里人完全改变需要许多年的时间，但是他和巴克至少已经开始改变他们了。

一个有风的日子，在一个高高的山峰上，巴克·布伦特看着一个接一个的小山峰搓着手取暖。

"汤姆，"他抱怨道，"现在我知道一只金丝雀被关在笼子里的感觉了。"

汤姆笑着说："13000平方千米的野外任你畅游，你还觉得自己是被关在笼子里的金丝雀？"

"这里什么事情也没有发生，"巴克性急地说，"我们几乎给所有的人都上过课了，除了比尔·托利维。"

"如果我发现比尔有任何偷猎嫌疑的话，我一定会去找他的。"

"是的，也许你也应该把他带到城里的法庭去，在那里，也许法官会叫他坏孩子，还会告诉他别再那样做了。这样有意思吗？我都至少三个月没有被人射击了，你竟然还想让我去城里。"

　　"去吧，也许你盼望已久的任命调动书已经到了呢。我要回去了。"

　　巴克骑着马往城里去了，而汤姆则骑着皮特慢慢地小跑着，沿着他们来的小路往回走。这时候还很早，他不如回家去，经过约押家的时候顺便看看他这段时间在做什么。

　　随后汤姆经过在山涧翻滚的小溪后到达了山谷，溪水流入一个接一个的水池和河狸坝里，有些水已经开始结冰了。烟灰径直走在皮特前面，突然，它停了下来，把头抬起来，检查着风中的气味。

　　汤姆从马背上下来，即便猎犬发现的有可能是一个无害的人，也要先找到他，看看他在做什么。汤姆把皮特带到常青树后面藏了起来，并把它系在树上，让它远离小路，然后就跟着烟灰走了。

　　一开始烟灰走得很慢，找到了气味的来源后，它直接往溪边走去了。当他们回来重新观察脚印的时候，汤姆停在一边弯下腰伸出一只手阻止烟灰，这时候他看见了两条路。然后，他跟着脚印走到了树丛的另一端。烟灰闻到气味的那个人就在溪边。因为猎犬的头抬得高高的，没有改变方向，一路跟踪下来也没有改变。

　　汤姆想办法穿过了溪边浓密的树丛，然后在烟灰的旁边匍匐前进。汤姆从常青树林里往外看着小溪，他的眼睛睁得大大的。

他看到浑浊的水流过最近的河狸坝。在圆形的、用泥浆和木棒搭建的房子里，河狸本来已经找到了避难所，但如今房子的顶部已经塌了，湿泥包围了小小的房子。小房子旁边是一个人的新鲜脚印。汤姆很冷静地抓住烟灰，丝毫没有放松。

这是最古老、最卑鄙的偷猎方法。河狸是水生动物，就算遇到危险，在它们的小房子里也是安全的，但这却抵挡不住人类的袭击。对于人来说，要摧毁一个河狸坝是一件轻而易举的事，只要找到河狸的房子入口，然后再捣毁房子的顶部，射击或者用棍棒打里面无助的河狸就可以抓到它们了。这个洗劫河狸水坝的人很显然就在附近，烟灰的鼻子很容易就能找到他。大猎犬的双眼紧紧地盯着小溪对面的一个地方。为了确保自己不被发现，汤姆一动不动地待在那里。那个人一定会出现的，他一出现就会被汤姆抓个正着。这时候，小溪另一边的树丛突然被扒开，比尔·托利维走了出来！

汤姆后退了一点，完全没有反应过来。比尔·托利维总是在他认为合适的时候捕猎或者捕鱼，他做得相当正确。但是，现在他这样做完全是不可想象的，有经验的山里人是不会做出如此卑鄙的事来的！汤姆仍然待在那里，他的肌肉开始抽搐。比尔看了看破碎的河狸坝和河狸的房子后就消失在树丛里了。大约过了十分钟以后，汤姆才站了起来，无力地走回到皮特那里。

如果没有其他特殊情况，比尔·托利维肯定是捣毁了一个河狸坝，拆掉了河狸的房子，并且杀死了里面的河狸。汤姆简直不敢相信。但是事实如果不是这样的话，那么比尔在河狸坝那里做什么呢？为什么是他在那里呢？

　　一个突如其来的想法让汤姆不禁打了一个寒战。难道说比尔·托利维才是真正的"黑麋鹿"——偷猎者的头领？山里的人们，只有比尔·托利维才有能力组织和指挥一个狩猎市场。在河狸坝那里汤姆没有逮捕比尔，仅仅是因为他知道或者他认为，这个老人是那么的好，不可能做那样的事。或者，看到的人真的是他吗？

　　汤姆牵着皮特，把它带进了牲口棚，然后闷闷不乐地生火做饭。这时候烟灰跑到那扇关闭着的门那里，鼻子贴近门开始摇尾巴。汤姆放它出去。一分钟过后，巴克来到了空地。

　　红头发监督员猛地从马上跳下来，跑到门口。他的脸上洋溢着幸福的笑容，眼睛也闪着光，手里正挥舞着一封信。

　　"哟！"他喊道，"听这个！'你马上到石山地区报道。已经有证据表明那里有偷猎组织在行动。你去调查任何可疑的行为，并采取必要的措施。另一个监督员十一月三日将会到戴尔山城地区报到。'哦，也就是今天。'那个人将是监督员汤姆·瑞恩思的长官。'喔！难道不值得高兴吗？"

　　"我为你感到高兴，巴克。"汤姆无精打采地说。

第三章

"你是怎么了？嫉妒啊？"

"不，我很高兴。你有必要调动。只是，今天我刚发现有人摧毁了河狸坝。"

"是谁干的？"

"我没有看见任何人。"汤姆低声回答道。

"哦，你会抓到他的。有些家伙早就想要一些新鲜的河狸皮，我还以为他们至少会等到三月，那时候河狸最多。"

巴克很兴奋，跑过去抓住马的缰绳，带着它走到院子里。当马儿平静下来之后，巴克帮它擦了擦身体才把它牵回了牲口棚。

"在我派人来带走它之前帮我照顾它好吗？"巴克问道。

"好的。"

"那我马上就走，"红头发监督员说，"要是我到城里坐火车的话可以快很多。哈！有事情做了！"

"你要不要先吃点东西？"

"等不及了！"巴克着急地说。

他把他的手枪和所剩无几的财产打成一个包，扛在肩上，然后伸出他的手。

"再见，好伙计。我希望你和你的新搭档可以教育好这里的人。"

"我们会努力的。祝你好运！"

"你也一样。"

巴克快乐地吹着口哨，沿着去往城里的小路走了。汤姆目送他离开，然后开始准备孤独的一餐。他没有胃口，只感觉到枯燥和气馁。他把大部分食物都给了烟灰，然后闷闷不乐地清理桌子，等到天一黑就上床睡觉了。

到了第二天早上，他已经休息好了，但是仍然没有精神，也不知道该做什么。他心不在焉地做好了早餐，就在这时候烟灰咆哮了起来。于是汤姆走到门口往外看。

查尔莫斯·加索尼正走进空地。他兴高采烈地向汤姆打招呼，通过牛角框眼镜可以看出他眼里的兴奋。

"我能为你做些什么？"汤姆惊奇地问。

"我希望和瑞恩思先生做一个很大的交易。"查尔莫斯·加索尼带着歉意回答道，"我是新来的狩猎监督员。"

四　荒野之战

这件事让汤姆太吃惊了，他站在那里一动不动地凝视着对方。这个低调的、戴着牛角框眼镜、声音很尖的小个子男人居然是新来的狩猎监督员！查尔莫斯·加索尼——笨手笨脚的潜在动物学家，

155

竟然已经取代巴克成了戴尔山城地区的首席监督员！

"你？"汤姆喘了口气说。

"是的，瑞恩思先生。我能理解你的惊讶，我承认我似乎缺乏体力来应对大量艰苦的工作，然而我会尽我最大的努力做好一个监督员的工作。"

"好，哦，进来吧。"汤姆结结巴巴地说。

"谢谢你，谢谢你的好意。"小个子男人感激地说道。

他走进了小屋，汤姆恍恍惚惚地跟在后面。烟灰早就记住了查尔莫斯的气味，只是简单地闻了他一下就快步走到角落里躺了下来。查尔莫斯脱下外套，认真地把它挂到了椅背上，然后解下了他那巨大的手枪。他把他的枪袋放到外套上面，然后在火炉前搓着手。

"天气真恶劣，"他小声说，"很高兴你能欢迎我来到这个温暖舒适的避风港。"

"不客气。"

"你的欢迎就像火炉一样温暖，瑞恩思先生。请允许我出示我的凭证。"

查尔莫斯·加索尼从口袋里掏出钱包，抽出一张纸。汤姆麻木地看了看上面的内容，那是查尔莫斯的任命书，上面描述了作为狩猎监督员的职责。汤姆带着觉悟与尊重的眼神看着这个头顶几乎才到他肩膀的小个子男人。

"顺便说一句，"查尔莫斯继续说道，"我昨晚碰巧遇到了布伦特先生。"

　　"你遇到他了，在哪里？"

　　"在城里。他看起来对他的新任务很感兴趣，他还让我告诉你一个消息，我相信听完后你一定会十分惊讶，但我还是要告诉你。他肯定'黑麋鹿'组织现在就集中在他正在前往的地区。"

　　"巴克会抓到他们的。"汤姆心不在焉地说道。这时候他的眼前浮现出一幅画面——要是巴克知道是谁取代了他的话，他的脸上会出现什么样的表情呢？

　　"我不那样认为，瑞恩思先生。我担心布伦特先生的得意只是暂时的。我认为，他孜孜不倦地想要抓到的'黑麋鹿'组织从来就没有离开过戴尔山城地区。"

　　"你是怎么知道的？"汤姆回过神来询问道。

　　"我可以提醒你一下，瑞恩思先生，我可是花了大量的时间在这片地区研究野生动物。也许正是因为这个，当地人知道我没有合法的权力，所以我可以观察到一些相当令人震惊的、违反《狩猎法》的事。"

　　"那你为什么不告诉我们？"

　　"和山里人作对吗？我不会那样做的，瑞恩思先生。他们的脾气，呃，我可以说不确定吗？当时我没有官方的权力，没有理由

第三章

去那样做。我没有必要自找麻烦，我认为最好的办法就是什么也别管。"

"你认得偷猎者吗？"

"哦，是的。"

"他们是谁？"

"两个最严重的罪犯，"查尔莫斯·加索尼勉强说，"比尔·托利维和约押·拉纳。"

"啊！"

"你听我说啊，瑞恩思先生。我看到过四次比尔和那些受雇于他的人屠杀麇鹿和梅花鹿，我确定他的房子就是他们把非法捕杀的动物通过火车运往外面的打包集散地。作为一个热爱野生动物的人，他们的做法让我很反感。因此，我对你们抱以希望，希望你们可以逮捕他们。但是你们没有做到，所以我认为我有责任采取行动。于是我申请做监督员，我忠实地希望那些邪恶的人可以被绳之以法。"

"法律的制裁！"汤姆愤怒地说，"你也看到了在城里法庭里发生的事，那就是我们努力的结果！"

"我确实看见了。"小个子男人同情地点点头说，"我欣赏布伦特先生的热情和勇气，但是他不应该那样发脾气。我相信这样的问题可以通过大脑想办法解决，而不是靠肌肉。希望你可以原谅我这样说。"

汤姆保持安静没有回答，他被刚才听到的消息震惊了。比尔·托利维和约押·拉纳，他们两个是这山里巴克和他唯一不怀疑与"黑麋鹿"组织有关系的人。这真是不可思议！但是，事实真的是这样的吗？他闭上眼睛，脑海里却浮现出比尔·托利维站在破碎的河狸水坝那里的画面。他紧紧地捏着下巴思考着。

查尔莫斯·加索尼笑着说道："我早就知道你会有这种表情，瑞恩思先生。你想到了什么？"

汤姆含含糊糊地说："现在我要骑马去看看比尔·托利维！"

"别，"对方安静地说，"那样做是错误的。我理解你希望尽快解决一切问题的迫切心情，但是这时候我们需要制定一些详细的计划。难道你不知道，如果你立刻去找比尔谈，只会让他更警觉吗？我也不敢相信比尔就是'黑麋鹿'，我不信他放弃了他的一切只是为了依靠偷猎赚钱。我们必须监视他，并在他公开违法的时候逮捕他。现在我们还没有足够的证据，这样的话任何法庭都会驳回我们对他的控诉。只有当我们找到有效的证据的时候才能去逮捕他和约押。然后我们先不要急着带他去法官那里，而是去城里约翰尼·马格鲁德所在的医院。我确信马格鲁德先生能认出是谁攻击他的，这样一来比尔和约押就有可能被控告意图谋杀。这样他们就将坐很长时间的牢，瑞恩思先生，这就意味着'黑麋鹿'组织土崩瓦解了。"

汤姆摇着头。查尔莫斯·加索尼看起来很诚恳，他不是傻瓜，他刚才那么说是有根据的。去找顽强的比尔·托利维只会导致一场激战，那样肯定会有人受伤。

"你的计划是什么？"汤姆郁闷地问道。

"很简单。我们要确保比尔和约押在我们逮捕他们任何一个之前都受到监视。我认为，无论我们抓到谁都可以同时控告另一个人。我监视约押，你看好比尔，怎么样？"

"正合我意，但是你没有马啊。"

"至少我暂时可以使用布伦特先生的马。我想现在就开始，可以吗？"

"那出发吧。"

就在小个子男人拿起它的枪的时候，汤姆看着那把大得荒谬的左轮手枪，吃惊地摇了摇头。如果他的新伙伴决定干预山里人的事的话，那么他可能就要战斗了，他将不得不赶快射击来拯救自己。不过，他似乎很有自信，相当自信。

"你不觉得我们最好一起骑马出去吗？"汤姆建议道。

"你是紧张吗，年轻人？"

汤姆脸红了："不，我只是为你考虑。"

"我觉得我能够好好照顾自己。不管发生什么事，我们目前的程序只是观察。清楚了吗？"

"好吧。"

"很好。我要骑马去约押家附近，然后找一个合适的地方，以便在观察的同时又不被发现。我认为你也会在比尔·托利维家附近做同样的事，对吗？"

"是的。"

他们一起骑着马，直到一个岔路口。汤姆走那条远些的、通往比尔·托利维家的路，而查尔莫斯·加索尼走那条近点的、通往约押家的路。早上的冷空气使得皮特很兴奋，它一路快乐地跑着，烟灰跟在它旁边。这时候，阴暗的天空飘下了点点雪花，和平时一样，寒风不断地吹着。汤姆放松了缰绳，皮特就迈开步子跑了起来。

汤姆突然停了下来，以至于让皮特很不满意地猛然抬起头，不高兴地咀嚼着嘴里的马嚼子。汤姆听到了一个像轰隆隆的雷声一样的声音在山顶响起，回声在山冈上回响着。在这个季节不可能是雷声，那是什么呢？汤姆稍微等了一会儿，然后立刻采取了行动。

现在，他意识到刚才听到的声音是由炸药爆炸引起的。在这样的地方，没有什么正当业务需要使用到炸药，但是偷猎者为了得到河狸可能会炸毁水坝！

汤姆卸下了皮特的马鞍和笼头，并藏了起来。他一巴掌打在了小马的臀部上，皮特就转身沿着他们来的小路回去了。它会回家，在空地上等着，直到汤姆回去。汤姆现在要去的那个地方像迷宫一样，而且全是水池和树丛，马儿在那种情况下根本就没什么用。烟灰跟在旁边，汤姆慢慢地溜到了山的另一边。

又是一声炸药爆炸的声音打破了山里的宁静。现在汤姆站在山的一边而不是山顶，因此那声音便更加清晰了。汤姆没有继续去听那声音，他尽可能快地往目标前进着。他知道那个特殊的地方。有一条小溪沿着狭窄的山谷缓缓地流动，小溪两边生长着一些白杨，因此那里是河狸生活的天堂。它们的水坝从泉水的源头堵塞了溪流，溪水几乎直接就可以流进嘴里。它们吃白杨树的树皮，然后用剥了皮的树干和树枝修建水坝。

山里人很少打扰河狸，除了他们需要一些皮毛的时候。河狸皮的价格决定了人们捕杀河狸的量。最近五年，河狸皮的价格一直都没有什么变化，那些忙碌的小水坝建设者几乎不值得人们去捕捉以获取皮毛。

但是今年，由于河狸数量的减少和河狸皮的需求量增加，河狸皮的价格几乎翻了三倍。任何人都想靠抓山里的河狸发财，这样做不用冒着像屠杀梅花鹿和麋鹿那样高的风险，因为这项交易不需要进行非法的铁路运输。一个驮队可以携带无数的皮毛，这种运输方式可以直接把货物运到市场上去。如果说"黑麋鹿"决定掠夺河狸坝，那么除了这两个监督员之外，再也没有任何人可以阻挡他们了。

或者说，也许只有一个监督员——当汤姆跳下斜坡到一片松树林里的时候这样想着。查尔莫斯·加索尼不适合做这样的工作。如果这次"黑麋鹿"组织再有大动作，这个温柔的小个子监督员是没法想象这样的混战的，偷猎者会拖延时间或者随时随地地采取行动。要是巴克在这里就好了！但是他不可能在这里，而这时候肯定是有人在炸毁河狸水坝。

烟灰在汤姆旁边停了下来，好像是因为闻到了从山上吹来的风中的强烈气味，所以它开始紧张起来。这条猎犬抬起一条前腿，喉咙里发出轻轻的叫声，眼睛凝视着一个地方，汤姆认为那就是下一个爆炸声将要响起的地方。汤姆在树木的掩护下慢慢地往前走，烟灰的鼻子发现了从斜坡那边飘来的气味，很明显，就在小溪那边。烟灰直直地往那个方向走去，汤姆的目光也一直没有离开烟灰。

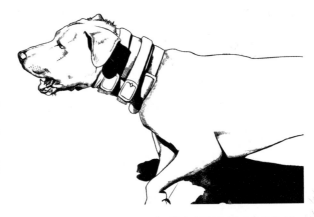

他们来到了一片白杨树林，在这里，汤姆停顿了足足有两分钟。就在距离他躲藏的地点90米远的地方，小溪那本来平静地流淌着的水流变得浑浊，河狸水坝上全是木棒、树枝和杂草。

现在水坝上出现了一个大洞，汤姆可以看到不再被水坝保护的

第三章

两个小房子，它们的顶部已经被弄破了。河狸们曾经可以寻求庇护的房子已经都被毁掉了，它们成了炸药爆炸的受害者，它们的皮毛将被放到载货马的背上，然后经过小路运输到买家手里。

那些偷猎者已经把它们带走了，只有泥地里的脚印可以无言地证明他们曾经去过那里。看到这些汤姆恨得咬牙切齿。

风穿过山谷轻轻地吹来，好像是用那些气味在玩游戏一样。烟灰有点儿找不到方向了，过了一会儿，它恢复了灵敏的嗅觉，又开始继续前进。猎犬已经到了小溪上游，他们正朝着那些炸药爆炸的地方前进着。现在烟灰又不知道该怎么做了，它没有再继续追踪脚印。风速实在是太快了，现在有很多气味互相窜来窜去。汤姆满怀期望地看着小溪，要是他能直接把烟灰带到脚印那里的话，烟灰就可以很容易地追踪到偷猎者们的痕迹了。但是他不能那样做，因为那些白杨树很分散，小河堤上几乎没有什么覆盖物，没有可以隐藏的地方。

汤姆来到了白杨树林与松树林接壤的地方。这时候在汤姆前面大约有250米那么长的坡地，零零散散的白杨树奇特地长在了松树林里。对面的小溪就像是瀑布一样从九米高的地方倾泻下来。在右边六米的斜坡下，还连接到了谷底。汤姆又停了下来，他认为他应该随着地势走。

那些偷猎者应该就在前面不远的地方。经过白杨树，进入松树林，那样就有可以藏身的地方了，时间宝贵，不能再浪费了，汤姆立刻就行动起来。他又看了看升起的地面。这里离只有很少的白杨树的地方只有60米远，要是他可以安全地通过那里的话，就可以轻松地进入松树林了，然后就可以穿过河狸水坝而不被发现。他决定碰碰运气。

"跟上，烟灰。"他一边说一边尽可能快地跑了起来。

冷风从坡下吹上来，吹得小树都弯下了腰，树叶沙沙作响。汤姆往前跑的时候不得不辛苦地弯着腰。他本来估计那片白杨树只有60米那么宽，但是现在，他要通过的这些小树看起来似乎是有好几千米那么远似的。他完全暴露在外面的平地上，可是个很容易攻击的目标啊。他想，在这种情况下别人在好几千米之外都可以看见他，要是有人碰巧看见他，想装作没看见都不行，实在是没地方藏。

当他听到步枪的声音从山下传来的时候，他刚好穿过了那片白杨树，来到了可以躲藏的松树林。那是一个尖锐的声音，就像是鞭子突然抽向一匹昏昏欲睡的马。接着汤姆就听到了烟灰的咆哮声，烟灰被击中了。

汤姆没有丝毫停顿，他大步朝前走，始终把枪握在手里。突然，他转身用手臂抱住了烟灰，他们交错着往三米以下的地方滚去。虽然只有两秒的时间，汤姆却感觉有好几分钟那么久。他毫不犹豫地，同时小心翼翼地着陆，抓住烟灰跟自己在一起稍微缓和了一点再往下滚。最后，汤姆躺在了结冰的草地上，他立刻从地上爬起来，拉着烟灰向离他们最近的庇护所跑去。

这时候汤姆听到烟灰发出了猛烈的号叫声，他从来没有听到烟灰这样叫过。它站了起来，摇摇晃晃地站在那里，试着找到一条路可以出去。它露出了尖尖的牙齿，眼里闪烁着红光。烟灰只是一个侦探犬，它总是用它的鼻子追踪人的气味，而且它总是很温和，但它毕竟有一半普罗特猎犬的血统，现在它体内的战斗激情被彻底点燃了。它想跑回去，找到那个打伤了它的人，然后杀死他，但是汤姆的手死死地搂住了它的脖子。

"冷静，"他说，"别着急。"

汤姆把烟灰拉到自己的身边，并用自己的手帕擦拭它受伤的头。烟灰很安静地让汤姆给它检查伤口。检查过后汤姆松了口气。开枪的人是从山上射击的，估计失误了，子弹只是擦伤了烟灰的头，并没有伤到要害，但最好还是把烟灰带回小屋去处理一下伤口。

汤姆非常谨慎地沿着溪边走，他紧紧地抱住烟灰，一边走一边计划着该怎么行动。偷猎者的脚印应该还在，要是烟灰的伤没有比看起来还严重的话，它明天就可以跟着汤姆一起出来了，汤姆想着。

偷猎者们挑起了一场枪战。

第四章

一　脚　印

　　他们沿着溪边，一直前进了200米的样子就转弯了。在那里，汤姆带着烟灰离开了他们的庇护所，回到了松树林里。烟灰此时还走不稳路，隔一会儿就摇摇头——它努力想要消除头晕的症状。虽然子弹只是轻微地伤到了它，但是那力量还是很可怕的，使得烟灰十分眩晕。当他们来到一个冰冷的、冒着烟的泉水边时，烟灰如饥似渴地喝着水，汤姆用冷水给烟灰洗了洗头。

　　这好像很有用，烟灰走路比较稳了，而且再也没有跌倒。汤姆带着烟灰爬了几百米之后，让猎犬停下来休息一下。

　　汤姆一边继续前进，一边认真地思考着。他们既然都已经用上炸药了，那就表明不只是普通的偷猎，不是偶然的要获取一些皮毛。所有的迹象都表明一个事实，那就是：他们是有组织的，而且下定了决心要尽可能多地杀死河狸。要是偷猎者们不停止他们的活动，他们很有可能会在不到一个月的时间里清理完所有的河狸水坝。

他们到达了山顶，又停了下来。这次烟灰没有再躺下。新鲜的血液从它的伤口流出来，让伤口附近的毛发纠缠在了一起，但是它绝对感觉好多了。他们走得不是很快，没有走小路，直接向空地走去。

当他们到达的时候，烟灰慢慢地走上前去闻闻皮特，皮特正在咀嚼冰冷的小草。这匹小马看见汤姆之后小跑过来，在汤姆身上蹭了蹭。汤姆把一只手放到皮特的脖子上，将小马带进牲口棚并给了它一些燕麦。

现在，他更加确定烟灰的伤不要紧了，这样他的计划就可以照常进行了。他让皮特尽情地吃，然后准备给自己和烟灰做一顿大餐。他要再回到河狸水坝那里继续追踪偷猎者的足迹，他将一直待在那里，直到找出他要找的人，无论那是谁。

汤姆把烟灰带到屋里，自己开始点火烧水。然后，他来到外面把从鲍勃·哈尔沃森那里带来的当季牛排砍了两块下来。现在的天气几乎达到了结冰的温度，肉可以多存一点。

水热之后，他彻底地清洗和检查了烟灰的伤口。正如他所料，烟灰伤得并不严重，伤口应该可以很快愈合，这多亏了烟灰坚强的体质。接着他煎了一块牛排给自己吃，另外煎了一块给烟灰吃了。

他收拾了一些食物，整齐地放到了包袱里，有熏肉、面包、面粉、脱水蔬菜和水果、咖啡，还有一个小煎锅。从现在起，他和烟灰会按需分配口粮，除此之外，他还会带一小袋燕麦，这样皮特也有自己的食物吃了。

他需要帮助，但是唯一的合作伙伴不在这里。毫无疑问，查尔莫斯·加索尼愿意一起去，但是有他在只会碍手碍脚。要追踪这些河狸偷猎者很困难，那个小监督员看起来倒是有足够的胆量，但是汤姆怀疑他不了解追踪的常识，也许他一点儿都不知道更好。汤姆写了一张便条放在桌子上：

亲爱的查尔莫斯：

我决定24小时待在山里观察。不要来找我，因为我也不知道我会去哪里。我一两天就回来，你可以给我留便条。

汤姆

他看看手上的盒子，确认里面有引火物，然后就关上了门，烟灰跟着他来到了牲口棚。大猎犬的伤似乎已经对它没什么影响了。汤姆伸手摸摸烟灰的头，感觉信心十足。他对自己的能力、烟灰的鼻子以及皮特的耐力和速度都相当有信心——他们比偷猎者强。

汤姆想起他离开皮特的时候把马鞍藏在山上了，他要骑马的话就不得不做点改变。于是他拿了一根绳子套在马的脑袋上，又拿了另外一些绳子捆在马身上，接着把包袱放到了马背上，然后自己也上马了。

开始的时候皮特不知所措地站在那里，它一直都是被汤姆按照正常的方式骑着的，它的马鞍和笼头几乎成了它的一部分。它不确定这样奇怪的做法是什么意思，但是，也只有汤姆骑过它，而现在汤姆又在它的背上了。它迟疑着出发了，过了一会儿它就渐渐地习惯了这种新的方式，愿意让汤姆拉那根套在它头上的绳子了。

汤姆走上了今天早上走的那条路。此时，寒冷秋天的夕阳已经贴近地平面了。今天晚上开始追踪偷猎者有点儿晚了，不过明天他就可以很早就开始追踪了。

汤姆考虑到，他可以不找一个适合露营的地方，但是他一定要找一个皮特可以吃草的地方。不管怎样，森林里有许多分散的小空地，大多数地方都有足够的草。他将带着它们找到这样的地方。

这时候他停下来，到藏马鞍和笼头的地方把马鞍和笼头取了回来。重新装备好之后，小马前进起来就更加轻快了。

他们很快就来到了一块空地，这里没有树木，却有着大片的草地。在空地中间，有一道细细的泉水经过。汤姆钉了一根木桩在地上，然后把绳子的一头拴在了上面，绳子的另一头拴在了皮特的脖子上。小马摇摆了一下身体，看了看汤姆，确定他在附近之后就开始自由地吃草了。

汤姆把自己的床铺搭在有遮蔽的、长满青苔的空地边上，并且在下面垫了一层木头。他生起了火，然后往火堆上加木柴，直到火焰升腾，火花四溅，火花就像是黑暗中无数的萤火虫一样。当火焰熄灭之后，汤姆觉得这里就是他想要的地方了。汤姆又扔了一些打好结的松树枝在火堆上，这样火堆就不会熄灭，而火焰又不会太高，可以帮助保留木头的热量。热量从木头的一端传过来，他把头枕在皮特的马鞍上，很快就睡着了。烟灰也已经昏昏欲睡了。

当汤姆醒来的时候还是夜里，在黑暗中，他似乎看到了一把闪闪发光的刀。他用力晃了晃脑袋，然后不好意思地笑了起来，因为他听到烟灰的鼻子呼哧呼哧地呼吸的声音，看到大猎犬的鼻子正挨着自己的脸颊，它那双闪闪发亮的眼睛就是刚才汤姆误认为的刀。原来烟灰睡觉的地方太冷了，它想过来挨着汤姆一起睡。

汤姆起身又放了一些打结的松树枝在就快要灭掉的火堆上，然后把毯子扯出来一些，这样烟灰就可以盖到毯子了。他记得这是老樵夫的办法：要是天气太冷睡得不舒服的话，可以带着一条或者两条狗一起睡。虽然这样有点儿不符合常规，但是总比一个人睡要暖和多了。

烟灰靠近汤姆睡下，找到了一个温暖的位置满足地呼吸着。汤姆往旁边移开了一点，烟灰又再次靠了过来，于是汤姆屈服了。大猎犬第三次移动了位置，汤姆几乎都要移到床外面去了。烟灰带着满意的呼噜声翻身转向了火堆。当它翻身的时候，把毯子也裹在了自己身上。汤姆坐了起来，冷得发抖。

"嘿！"他说，"你怎么回事啊？"

烟灰站了起来，毯子从它的身上耷拉到了地上。它摇摇尾巴，毯子也跟着摇摆起来，汤姆顿时就被它逗笑了。

"我不介意和一条狗分享我的床，但是你不能霸占整张床啊！我们还是一起睡吧！"

汤姆抓住毯子的边沿，塞在自己身体下面。烟灰紧挨着汤姆，它的鼻子都顶到汤姆的脖子上了，还亲热地舔了舔汤姆的耳朵。汤姆决定保持这样的姿势，因为即便是狗也需要睡觉啊。烟灰很快就睡着了，汤姆也打起盹儿来。

天刚蒙蒙亮的时候，汤姆被冻醒了——烟灰又卷走了所有的毯子。汤姆冷得直发抖，他站了起来。火已经熄灭了，每棵树上都结了霜，皮特呼出的热气在它的鼻子前面形成了一点云的形状。烟灰走过去，闻闻皮特的鼻子，算是打招呼了，然后又走回来蹲在那里，很感兴趣地看着汤姆生火。

"我们回去以后，"汤姆告诉猎犬说，"我要把一大堆木头放在炉子上，然后看火焰跳动。我还要把所有的毯子都盖在身上。那时候，任何一条傻傻的猎犬再怎么在我面前装可怜我也不会分给它盖的。你不会再跟我抢毯子了吧？"

烟灰摇摇尾巴，好像在说它不会了。这时候汤姆在新生的火堆上做起了早餐。他煮了咖啡，滚烫的咖啡他一口气就喝了个底朝天，都快把喉咙烫伤了。在他和烟灰都吃过早饭之后，汤姆开始考虑他们的下一步行动。

那些安放炸药的人不可能整晚都待在溪边，但是他们的脚印会留在那里，这一点至关重要。脚印总会有终点的，当然他们也很有可能已经骑马离开，那样就追踪不到了。在这一地区，他们骑马的可能性虽小，但也不是没有可能。不管怎样，也要试一下。

汤姆骑着皮特，沿着斜坡朝小溪赶去。进入松树林之后山坡变得陡峭而崎岖，皮特踩在上面有点儿打滑，汤姆这才想起他选择的路不好走，周围全是各种各样的石头。经过松树林，进入了白杨树林后，汤姆下了马，仔细地看着烟灰。

这时候他发现烟灰很紧张，也许是因为它曾经在这里有过不愉快的经历。然而，当风直接吹进了它的鼻子，它也没有追踪到什么新鲜的气味。猎犬的喉咙里没有发出警告的声音，也没有把注意力集中在某个地方。它认真地搜寻着气味，很显然，它还是从偷猎者昨天留下的足迹里找到了一些陈旧的气味。

汤姆牵着皮特走进了那片开放的白杨树林之后又停了下来，发现没有什么危险。汤姆静静地站着，大胆地希望可以有什么事情发生。附近没有其他生物，汤姆牵着皮特来到了溪边，来到了白杨树林和松树林的交界处。就在这时，烟灰全身都绷紧了。

第四章

它没有号叫，也没有发出任何警告，所以汤姆认为，烟灰有这样的反应只是因为它在这里遇到过袭击。汤姆让烟灰走在前面，他牵着皮特慢慢上了坡。今天没有风，也没有和人发生冲突，烟灰直接去了上面空地尽头的一根树桩那里。它停在那里，把鼻子埋进树桩后面的草丛里，把草扒开，那样可以更好地找到一些气味，在那里气味可以保留得久一点。

　　汤姆很小心，以免打扰到它。突然，汤姆停下来捡起了一颗子弹壳，把它翻过来，发现那是点三零口径的。铜质的子弹壳没有光泽，隐约可以闻到火药的气味。汤姆把子弹壳放进了自己的口袋里——那个用枪射中烟灰的人用的是点三零口径的枪。不，根据这个可以得到更多的信息，因为山里有三分之二的人都使用这样口径的枪。

　　烟灰一点儿也不着急，它非常认真地分析着树桩周围的每一丝气味。那伙偷猎者离开之后，肯定是去溪边扎营了，而这个开枪者很显然在他们中间。

　　走近溪边后，汤姆低头看了看偷猎者的方向，是走向河狸水坝的。在他们和汤姆中间有六个河狸水坝。这些水坝不那么好看，比不上那些没被炸药炸过的——水坝已经被铁锹和铁铲毁掉了。河狸的房子顶部都被弄坏了，很显然所有的河狸都被捉走了。

　　烟灰转弯进入了一片茂密的铁杉林里，汤姆跟在后面，认真地看着面前这些可怕的证据。

偷猎者们在这里停留过，把他们捉到的河狸剥皮。被剥了皮的、血淋淋的尸体就那样摆在那里，还有尾巴留在上面，总共有22只河狸的尸体堆积在树林里。

烟灰回过头确定汤姆在附近后就继续往前走了。汤姆给皮特套好马鞍，然后上马，催促着它一路小跑着追上去，烟灰开始加速跑在皮特前面不到400米的地方，那是小溪的源头，有好几道泉水不停地从山上流下来。在泉水和最后的溃坝之间的三个河狸水坝都已经被炸掉或者毁坏了。

这时候烟灰突然转弯进入了另一片灌木丛，在这里汤姆找到了九具被抛弃的河狸尸体。他数了两次，以确保数量正确。

这些河狸的个头有大有小，有的是小河狸，甚至有刚出生不久的，重量在2到3公斤之间，最大的河狸大约有27公斤。汤姆根据经验判断偷猎者有三个人，这三个人把22只河狸带到他们第一次剥皮的地方需要往返好几次。现在看来，其余的九只河狸应该是从最后那三个水坝捉来的，它们实在是太重了，所以偷猎者就把它们单独放在这里剥皮了。他们不可能背上这么重的货物走很远，因此不远的地方应该就有马匹的痕迹。

汤姆跟着烟灰继续往前面走。

很久以前，这里发生过一场火灾。在每一个干燥的季节都很容易发生火灾，因为树和草全都干枯了。现在这里还可以看见到处都是烧焦的树桩。在夏天，这里的草一定是很多的，但是现在全都干枯结霜了。所以这里现在很荒凉，没有什么植物，有什么人或者动物经过这里的话一定会留下痕迹，而且很容易被发现。

烟灰停了下来，当它把头转向风吹来的方向时，它把一条前腿抬了起来。汤姆也学着烟灰向四周看看，不过几乎闻不到新鲜的气味。烟灰似乎还是沿着原来的路走着。在这里，偷猎者不知道因为什么原因分开了，现在他们的气味分散在周围的树桩上。

烟灰低头嗅着结霜的草。汤姆下马，趴在地上检查着这一片地方。

有什么东西曾经掉在这里了，因为这里的草都被压断或压弯了，但是汤姆不能确定那到底是什么东西。不管是什么东西，可以肯定的是，这个东西一定在这里放了一段时间。不应该是人弄出来的，因为面积太小了。但是，汤姆从烟灰对这块地方的感兴趣程度可以推断出，这个东西一定是某个人带着的东西。

接着，烟灰满意地抬起头再次测试着空气中的气味，它慢慢地，但是很有信心地走向了一个黑乎乎的树桩。

汤姆牵着皮特，和烟灰保持一定的距离，生怕打扰到它，只是在后面慢慢地跟着。烟灰在一根树桩前面停了下来，把鼻子深深地埋在树桩后面的草里闻着。它很仔细，为了闻得更仔细，它甚至还用鼻子把草翻来翻去。它疑惑地看着汤姆，然后抬起头来检测着风里的气味。它是在寻找附近的人的气味，汤姆牵着皮特走到了树桩那里。

这时候汤姆看到一丝阳光照在被践踏过的草地上，反射出了一些光，好像有什么东西在那里。于是汤姆停下来，看到了另外一颗点三零口径的子弹壳。接着他跪到地上扒开草丛，找到了另外五颗子弹壳。然后他又看了看树桩的四周，发现三颗子弹已经打进了树桩里面，木头上可以看见新鲜的裂缝，第四颗子弹在另一边划出了一道长长的口子。汤姆看向子弹射过来的方向。显然有人在这里发生过枪战，但是为什么呢？可能是两个偷猎者。难道他们是为了争夺河狸吗？难道他们在这里遇到了对方，为了31张河狸皮打起来了吗？又或者是他们三个人之间吵起来了？他想到了他们放河狸皮的地方。难道偷猎者们放弃了他们非法得到的河狸皮，从他们的庇护所离开了山谷？想着想着，汤姆环顾四周开始寻找烟灰。

大猎犬离开了它刚才工作的树桩，转向了另一个树桩。它把头贴近地面，这样就不会漏掉任何线索了，它在树桩后面又仔细地检查了起来。汤姆走过去检查那些凌乱的草，又发现了三颗子弹壳。

他又看了看一开始发现子弹壳的树桩，发现距离很短，在这么短的距离内重复开枪到底是为什么呢？很显然那个人是一边跑一边开枪的。躺在第一个树桩那里的人在这根树桩这里休息了一下，他本来不应该开枪的，除非是别的什么人发现了他。到目前为止，汤

第四章

姆没有什么证据证明其他两个偷猎者也在这里，但是可以肯定的是，三个偷猎者都参与了战斗。

这时候烟灰离开了树桩，把头贴到地上，然后开始往松树林走去，从这里到松树林要经过五米光秃秃的地面。汤姆跟着烟灰，来到它已经围着嗅了一圈的树旁边。树下面的草是被踩过的，从留下的痕迹来看，很明显是有马曾经被绑在这里。在大约三米远的地方，汤姆也发现了马儿被拴在那里的痕迹，好像还因为拴得太久了，马儿变得很不安，用蹄子踢过地面。在这里，汤姆又捡到了一大把点三零口径的子弹壳。又走了几步，在一棵铁杉树后面，汤姆发现了九颗子弹壳，这九颗是从点三二口径的枪里射出来的。汤姆回头看看空地，事情的经过在他的脑海里也渐渐清晰了。很明显，其中两个偷猎者已经赶到了他们拴马的地方，在骑上马之前，他们还站在那里等第三个偷猎者来。但是那个人去哪里了呢？

"烟灰。"汤姆小声地喊道。

猎犬正站在马的脚印上，全神贯注地寻找着那些人留下的微弱的气味。它的动作十分缓慢，在确定自己找到了气味的方向之后就追踪着气味向前跑去。不过，接着它又找不到气味了，于是只能回到刚才它发现有人的气味的地方。

"烟灰，到这里来。"汤姆再次喊道。

烟灰极不情愿地离开了那些它正在认真工作着的脚印，跟着主人走到了草地上。汤姆站在后面，让猎犬自己来解决这个新问题。烟灰有点儿疑惑，自己为什么会被带到这边来。一开始它在这里漫无目的地搜索着，不久之后它就知道该做什么了。它走到另一个树桩面前，围着树桩仔细地闻。它在草地上搜寻着，在这里汤姆又找到了四颗点三二口径的子弹壳。前面的树桩那里也是密密麻麻地布满了子弹壳。汤姆把森林的四周都检查了一遍。

现在他可以确定，那三个偷猎者是在这里跟不知道从哪里来的

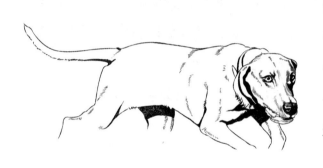

敌人展开了枪战，他们三个至少有两个骑着马逃走了，也许第三个也一起逃走了。

在汤姆的督促下，烟灰又走向了另一个树桩，那就是第二个偷猎者射击的地方。烟灰把头埋进结霜的草丛里，这时候它的尾巴突然急切地摇摆起来。它看向汤姆，等着他过来看看这里。

汤姆走过来发现了三颗点三零口径的子弹壳，他把子弹壳在手里掂量着。有两个偷猎者用的是点三零口径的枪，第三个偷猎者用的是点三二口径的枪。前一种子弹就是射中烟灰的子弹。

汤姆犹豫了一下。很明显，这里只有两匹马，这两匹马拴在这

第四章

里就是为了等偷猎者把河狸皮带来然后运出去。已经有两个人骑着马离开了，除非有第三匹马，否则，第三个人就不得不走路离开了。这样就一定会留下踪迹，烟灰就可以很容易追踪到。汤姆立刻跑到皮特那里，飞身上马，来到还等在树桩那里的烟灰旁边。

"找到那个人的气味。"他命令道。

烟灰急切地跑到了松树林里，不一会儿就跑上了山顶，然后又冲进了一个山谷。两个小时之后，它到了一片空地上，那里有一座陈旧的房子。这时候，汤姆下马，把皮特的缰绳拴在树上，徒步往前走。他蹲下来，贴在墙上，保持屋里的人不能从窗户里看到自己的姿势，小心地移到了门那里，用枪托敲门。

敲了两声之后门开了，汉克·贾米森出现在眼前。

二　一个犯人

汤姆站在那里，没有离开可以藏身的墙，因为很有可能屋里面还有其他人。他用枪指着汉克·贾米森。要是有人开枪的话，汤姆打算还击。

"你好，汤姆，"汉克·贾米森紧张地说道，"我，很高兴见到你。"

"让我猜一下，你还在找放火烧你的小屋的人，是吗？"

"是的，汤姆，我追踪他们到了这里，而且——"

"没关系的！"汤姆肯定地说，"他们不会再来一次的！"

"呃，为什么不会？"

"你的故事在我第一次听到的时候就没有拆穿你！谁在里面？"

"没人啊。"

"转过身来，汉克。"

汉克脸色苍白。"别这样！"他可怜巴巴地说，"你不会从别人背后开枪吧？"

"转身走进屋里。要是里面还有人，而且他们胆敢有什么动作的话，首先受苦的就是你。"

"真的没有人在这里。"

"我们来找找看吧。"

很快，汉克转身走进了屋里，汤姆跟着他，烟灰走在最后面。汤姆扫视了小屋一遍，真的没有看到其他人。

汉克的额头上布满了汗珠，"你到底要做什么啊？"他紧张地问道。

"我要做的至少就是控告你炸毁了河狸水坝。你被捕了。我还要做什么就取决于很多其他的事了。"

"我没有炸毁任何水坝。"

第四章

"你就撒谎吧，汉克。"汤姆看着墙角的步枪说道，"那是你昨天用来射击烟灰的点三零口径的步枪吗？"

"那不是我做的！"

"那是谁？"

"我不知道。汤姆，如果你放过我，我保证不会再偷猎了！我发誓！"

"汉克，从今天起，我再也不会相信你说的话。这次你不可能再通过撒谎来逃脱罪责。我知道你昨天都做了些什么，你和另外两个人炸毁了糖碗溪的河狸水坝，抓到并杀死了31只河狸。在小溪源头的草地上有人突然射击了你们，对吗？"

"我不在那附近——"

"是真的吗？"汤姆大声说。

"是，是真的。"

"谁跟你在一起？"

"汤姆，要是他们知道是我告诉你的，他们会杀死我的！"

"但是如果你不告诉我，我现在就会杀死你！是谁跟你一起在草地那里？"

"里德·达瑟尔和鲍勃·马格伦。"

"是谁射伤烟灰的？"

"不是我！"汉克不顾一切地说，"我发誓不是我！是里德！"

"你最好说实话。"汤姆咬牙切齿地说道。

"我说的就是实话！"

"现在告诉我一些其他的。你明明知道我就在这一带巡逻，为什么还要傻到在光天化日之下用炸药炸河狸水坝呢？难道你不知道我有耳朵吗？"

汉克闷闷不乐地说：" '黑麋鹿'说监督员们就交给他来处理。"

"这么说，你是为'黑麋鹿'组织工作的了？他是谁？"

"我不知道！"

"又撒谎！"

"我没有撒谎，我发誓我真的不知道！我没有见过他。"

"是谁给你下的命令？"

"里德·达瑟尔。"汉克咕哝着说，"哦，我为什么要参与这种乱七八糟的事啊？"

"现在说这种话已经晚了。"汤姆严厉地说，"告诉我所有的事，最好直接点。"

"我告诉你吧。"汉克凄惨地说，"说出来会好受些。是里德·达瑟尔来找我，说有机会让我赚到一大笔钱，问我愿不愿意做。我说当然愿意，钱很难赚的。接着他就告诉我该怎么做。"

"怎么做？"

"就是射杀和剥掉梅花鹿和麋鹿身上的皮，然后再把它们运到

第四章

铁路那边去。"

"难道你不知道那是违法的吗？"

"当然知道，但是可以赚到很多钱啊。几周我就赚到了一百美元，而且一周我只需要出去工作两三个晚上。嗯，里德来的时候，我问他，我们有没有可能被抓，他说不会。他很聪明。他说我们不可能自己烧自己的房子，然后他就编造和传播了那个我的房子被'黑麋鹿'烧了的故事，这样就没有人会认为我是在为他们工作了。这个主意听起来不错，而我要做的就是猎杀和包装货物。我本来就喜欢打猎。"

"继续说。"

"一开始事情进展得很顺利，直到红头发监督员掺和了进来。里德说'黑麋鹿'想要摆脱红头发监督员，所以我们给他48小时让他离开，要是他不离开的话，我们就要除掉他。里德说，我最好一个人去做那件事。如果我被抓住了，我就说我的房子被'黑麋鹿'烧了，那样很有用，难道不是吗？每个人都知道我恨'黑麋鹿'，他烧了我的小屋。"

"里德答应给你什么，你愿意那样做？"

"他说我会得到更多的分成，会得到更多的钱。"

听到这里汤姆打了个寒战，这伙人比他想象的更加残忍。

"这么说，那天晚上是你第一次朝我的窗户开枪的？"

"是的，我知道那是个假人。坦白说，我只是想吓吓红头发监督员！"

"是谁开的第二枪？"

"我不知道。"

"你又不知道！"

"我说的是事实。你放过我吧，我真不知道是谁！"

"既然你已经知道没有射中，那你为什么不再试着射击呢？"

"因为你的猎犬啊。每次有人靠近它都会发现。"

"但是无论如何你还是在继续偷猎，难道不是吗？"

"是的。里德说只凭你和你的狗是不能阻止我们的。在你们抓住里德、科尔和福瑞德之后，'黑麋鹿'命令我们先观察一段时间。"

"你真的不知道谁是'黑麋鹿'吗？"

"真的不知道啊。我根本就没有见过他，我说过了，命令都是由里德告诉我的。他说我们可以在秋天到来的时候去抓河狸，来弥补我们的损失。"

"你们去抓河狸的时候就不怕我们吗？"

"里德说根本没有什么好担心的。他说红头发监督员已经到别的地方去了，你一个人什么也做不了。"

"里德真的那样说？他怎么知道巴克·布伦特被调走了？"

"我不清楚。但是他说，一切都安排好了，就算你提高警惕，

第四章

一切事情也都有人照应着。他说我们就像在教堂里一样安全。"

汤姆沉默了一会儿，慢慢地思考着他得到的这些信息。偷猎组织怎么会知道巴克·布伦特被调离了呢？他们知道查尔莫斯·加索尼加入了吗？要是这样的话，那个小个子还不知道自己处在多么危险的境地呢。这些家伙可不会让任何可以阻止他们的人活着。

"当你们离开糖碗溪的时候，是谁突然冒出来袭击你们的？"汤姆突然问道。

"比尔·托利维。"

"你确定？"

汉克·贾米森重重地点点头，说道："没错，我看见他了。我们一出现，他就开枪打我们，第一枪就打到了鲍勃·马格伦的头发。我们立刻扔下河狸皮找藏身的地方，我们不能让他继续前进，直到我们逃走。"

"你又撒谎了！"汤姆激动地说，"这次我知道你又说谎了。"

"我没有！"

"你有！要是比尔·托利维射击你们的话，他肯定能杀死你们。"

"我们离开那里的时候天已经暗下来了。"汉克解释道。然后他颤抖了一下，说，"幸亏光线不好，要不然我们全都会被他杀死的。"

汤姆激动地说："告诉我一件事，要是你说谎的话，我立刻就杀死你！比尔·托利维是'黑麋鹿'吗？"

"我说过了，我没有见过'黑麋鹿'。"

"难道你就没有想过比尔就是'黑麋鹿'吗？"

"不可能。我怎么会知道呢？"

"跟我来，汉克。"汤姆冷冷地说。

"去哪里？"

"去看看比尔·托利维。"

"不去！他会杀死我的！"

"要是真要杀你，早就杀了。走吧。"

"我，我没有马。"

"没有让你骑马。你走路去，我要你到比尔面前跟他当面对质。"

"我说的全是事实啊！难道你就不能相信我的话吗，汤姆？"

"不能！你到底去不去，难道你要我提着你的裤子把你提过去吗？"

汉克犹豫着走出了小屋。汤姆一直对这个囚犯保持着警惕，然后上了马。烟灰一直等着汤姆准备好，然后就跟在皮特旁边出发了。汉克可怜巴巴地回头看了看，立马汤姆的枪就在他面前挥了挥，汉克不情愿地沿着小路走了。

汤姆骑着皮特慢慢地走着，跟在汉克后面，同时整理着自己的思绪。他抓到了"黑麋鹿"组织的一个成员。除了里德·达瑟尔、鲍勃·马格伦和福瑞德·拉尔森，其他还有谁呢？首先，谁是"黑麋鹿"？难道比尔·托利维是这伙人的领导？如果是这样，他为什么会开枪射击自己的三个同伙呢？难道是他们三个背叛了他吗，或者是他认为他们背叛了他？难道说有两个偷猎团伙在互相攻击？难道比尔·托利维是"黑麋鹿"组织的对手？这些事现在都不能确定，但是可以肯定的是，他一定要找出是谁炸毁了河狸水坝。

汤姆一路思考着，不知不觉已经来到了通往比尔家的山谷。正当他们靠近空地的时候，烟灰突然停了下来，嗅了嗅空气中的气味并发出咆哮的声音。汤姆也停了下来。烟灰不会朝着比尔咆哮的，除非里面有其他人。听到烟灰的咆哮，很快汉克·贾米森也停了下来，疑惑地看看四周。

"可能有麻烦了，汉克。"汤姆警告他说，"如果里面是你的一个朋友，而且你想要退出'黑麋鹿'组织的话，首先你就得去制服他。"

他们进入了空地，经过了比尔那几只吼叫着的猎犬。这时候，比尔出现在了门口。

"你来这里做什么，汤姆？"他问道。

正当汤姆要说话的时候，他看见了一个个子高高、黑头发的人站在比尔·托利维后面。陌生人走到比尔前面，这时候汤姆连忙举起枪指向他们。

"你一定是汤姆·瑞恩思了。"黑头发的人一边一瘸一拐地走到门廊外一边说道，"你不认识我了吗？我是约翰尼·马格鲁德啊。"
汤姆盯着他说不出话来。要是他说他是"黑麋鹿"的话，汤姆一点
儿也不会觉得奇怪。为什么约翰尼·马格鲁德又回到比尔这里来
了呢？

约翰尼朝汤姆笑着说："我是来看你和巴克的，但是决定先在这
里停一下。那个红头发精力十足的人怎么样了？"

"他，他已经调走了，"汤姆吞吞吐吐地说，他还有点困惑，"但
是，为什么——"

"你是有事要问我吗，汤姆？"比尔·托利维低沉地说道。

汤姆这时候才清醒过来，想到自己正在做的事。他下马，押着
汉克·贾米森。

"是的，我有话要说，比尔。我想知道昨晚你为什么会在糖碗
溪源头开枪射击那三个人。汉克说他就是其中之一。"

"天太黑了，我不能确定。"比尔·托利维咕哝道，"他可能是
其中之一。我只知道他们是三个人，他们手里有一大堆河狸皮。"比
尔十分激动地说。

约翰尼·马格鲁德双手扶着全身发抖的老人说："比尔，别激动，
你说过要等着的！"

"说吧！"汤姆大声地说，"到底是怎么回事？"

"比尔今天告诉了我关于偷猎河狸的事。"约翰尼解释道，"他

说他会等你和巴克来，这样才算是合法地解决这件事。"

"那些恶棍就在附近。"比尔气愤地说，"有机会你一定要收拾他们。他们已经杀光了哈可威克里克的河狸，现在又轮到糖碗溪了。"

"等一下，"汤姆打断他说，"我好像记得，你是不喜欢我们这些监督员的！"

"任何人都有权利改变自己的想法。"比尔不好意思地哼了一声，接着说道，"另外，约翰尼·马格鲁德在我这里待了两周，我和他谈了很多，受益匪浅。你们这些年轻人在山里也应该有自己的机会，就像我以前一样。我也知道，要是不阻止偷猎行为的话，任何人都别想在山里打猎了。"

"为什么这样说，你这个老傻瓜？"汤姆喊道，气恼的同时又松了口气，"你为什么不早跟我说呢？"

"我认为如果你坚持来跟我说这件事，打定主意要说服我的话，那么你就是认真地要做好这件事。"

"我就是那样做的啊！我反复跟你说——"

"比尔！"

这时候，一个绝望的、令人心碎的声音从空地的另一端传来。他们转过身，看见伊莱恩·托利维拖着疲惫的双腿，朝他们跑过来。她哭喊道："比尔！他们抓走了苏！"

三　黑麋鹿

听到这话，所有人都沉默了，很长一段时间都没有人说话，唯一可以听见的声音就是伊莱恩的抽泣声。

"是谁抓走她的，亲爱的？"比尔·托利维慢慢地说。

"我不知道。"伊莱恩喘着气说道，"我没有看见他们。苏和我正在收集松树枝。他们突然从后面出现，一个抱住我，另一个就把苏抓走了。我，我只能听见她的哭声。"

"不知道是谁，嗯？"

伊莱恩摇摇头。"他一把把我推倒在地就跑掉了。当我转身看的时候他已经躲进松树林里了，我只看见了背影。"她声音颤抖着说，"他们说，他们说要是你不插手他们的事，苏就不会有事。"

"他们真的那样说？"比尔·托利维慢慢地说，"他们找错人了。我现在就去找他们，你不要担心，伊莱恩，苏一定会平安回来的。"

"我跟你一起去，比尔。"汤姆说，"这也是我的工作。"

"你认为你能跟上我吗，孩子？"

"我会跟上的。痕迹很新鲜，烟灰一定能够追踪到的。"

这个老人摇摇头说："不行，汤姆。他们肯定是骑马来的。"

汤姆沉下脸来。那是肯定的，他们当然会骑马来。他们只要骑上马，那么人的气味也就没有了，烟灰也就追踪不到了。

这时，约翰尼·马格鲁德说道："你曾经把猎犬带到人的脚印那里，而它追踪到了，是吗？"

"很多次了。"汤姆说道，"它甚至追踪到了那两个袭击你的人，直到他们上马为止。"

"难道你没有给它机会让它继续追踪吗？"

"你什么意思？"

"如果它是侦探犬的话，就算只有一个脚印的气味，即便那人骑上马了，它还是可以追踪到同样的气味。气味是不会变的，难道你不知道吗？"

汤姆和比尔·托利维相互看着对方。那些猎犬是专门打猎的，而它们追踪气味只是在平地上。

"你的意思是气味可能在树枝上或者树丛里，又或者在空气中？"汤姆问道。

"就是这个意思。没有哪个人知道，但是狗可以用它们自己的方式解决这个问题。"

比尔·托利维疑惑地摇摇头说："也许我们可以试试，汤姆。但是我们正在浪费时间，我要牵马去了。"

"我也一起去！"约翰尼·马格鲁德说。

"你就不用去了，约翰尼，"比尔·托利维一边往牲口棚跑去一边回头说，"你只会拖我们的后腿。"

汤姆押着的汉克·贾米森仍然沉默而沮丧地站在那里。"我已经抓到了他们中的一个，约翰尼，你可要看好他，让他老实点待在这里。他是负责炸毁河狸水坝的人之一，从他那里我们可以得到很多信息。你愿意看着他吗？"汤姆说道。

"那好吧！"约翰尼·马格鲁德认真地承诺道。

比尔·托利维牵出他的大白马，快速闪进小屋又迅速跑出来，这时他手里拿着步枪。

"他们是在哪里突然跳出来的，亲爱的？"他问伊莱恩。

"在那片松树林的泉水北边。"

老人点点头说："我们会找到她的，不用担心。来吧，汤姆。"

"祝你们好运！"约翰尼羡慕地说道。

他们快马加鞭地离开了空地，烟灰也加快步子跑在一旁。

尽管苏被抓走了，汤姆却感到松了极大的一口气。因为比尔·托利维不仅洗脱了嫌疑，还一直单独地在跟偷猎者战斗。他们现在那么怕他，说明比尔给了他们很大的压力。他们已经开始把筹码押在苏的身上了，用这样的方法来逼比尔不要干涉此事。

但是他们还没有真正见识到比尔·托利维的厉害。他们绑架小女孩已经是犯了一个巨大的错误，比尔是绝对不会放过那个抓走他孙女的人的，他绝对不会允许那肮脏的手放到他那可爱的孙女身上。汤姆肯定，抓走苏的人一定是"黑麋鹿"。

第四章

现在对于比尔·托利维来说，没有什么比找到苏更重要了。一切事情都是可以解决的。汤姆焦急地看着黑暗的天空，夜晚降临了，这样会妨碍他们的，不过他们无论如何都会坚持去救孩子。

当他们来到了伊莱恩描述的松树林的时候，比尔·托利维拉住缰绳，马儿停了下来。

"你认为烟灰可以追踪到他们吗？"他焦急地问道。

"我认为它可以比你想象的做得更好！要是没有它的帮助，我们一点痕迹也找不到。"

他们看着烟灰摇着尾巴从小路的这边走到那边，它抓紧每一秒钟的时间来分辨每一种气味。它直接走进了一条小路，向一棵长得十分浓密的、大概有三米高的松树走去。汤姆看见，它因为兴高采烈地往上爬把树枝都撞断了。这一定就是那棵松树，那棵伊莱恩在这里收集松树枝的松树，那些人就是在这里把苏绑走的。烟灰回头看看汤姆，而汤姆向它挥手让它继续。

"追踪那个气味。"他说。

"你确定它追踪到了那个气味吗？"比尔嘟囔道。

"比尔，我们必须相信它！要是我们凭自己的直觉去找的话，很可能一百年也找不到苏。"

"我认识山里所有的人。"比尔·托利维说，"我会找到绑架她的人，不管有没有猎犬帮忙！"

"但是我们没有时间去检查每一户人家！难道你……"

汤姆自己也过去检查了。这个老人想当然地认为绑架苏的人不敢伤害她，但是汤姆知道"黑麋鹿"组织的残忍。他们夺走了数以百计的动物的生命，只是为了达到自己赚钱的目的，而且他们冷血，不会有一点儿悔意。即便那是一条人命，为了自己生意的安全他们也会毫不犹豫地去剥夺。

"加油啊！"汤姆说。

烟灰已经穿过了浓密的松树林奔向开阔的森林，它找到了它想要的气味。汤姆在后面跟着它，要是有必要的话就可以以最快的速度跟上绑架的人。他们跑了起来，汤姆和比尔都督促他们的马尽可能快地跑起来跟上猎犬。

几分钟后，烟灰跑出树林，走上了一条小路，绑架苏的人很有可能在这里下马开始步行了。两个骑马的人下了马，比尔检查地面的痕迹，汤姆回头看着这条山谷小路。那些树都是光秃秃的，树叶都被刮掉了，斜坡上有几棵松树。那两个绑架苏的人一定是从那里观察苏和伊莱恩的。

"它是对的。"比尔嘟囔道，他理清了思路说，"那两匹马就拴在这里。"

烟灰的头交替着在空中和地上来回地搜寻着每一丝气味。比尔·托利维低头看着眼前的两条小路。就在这时，比尔踩在马镫上的双脚拍了拍马肚子，指向其中一条路，马儿也叫了起来。

"那条路！其中一匹马在那里受到了惊吓，看到它弄乱的树丛了吗？"

汤姆看着比尔指的方向，小路两边的矮树丛的树枝都被折断了，就像是有重物曾跳到上面去一样。

就在这时候烟灰转身了，它把头高高地抬起来，在风中寻找着气味。汤姆拉住皮特的缰绳转身说："快来，比尔！"

"不，我要走我的眼睛看到的那条路！"

比尔骑着他的白马，绕过汤姆奔向了另一条路。汤姆犹豫了一会儿，那边有破损的树丛，所有的迹象都表明他们骑着马走了比尔·托利维走的那条路。猎犬只是用鼻子追踪到骑马人的气味，这种能力到现在还没有被证实，但是汤姆最后还是选择跟着烟灰走了。

他是一个山里人，也是一个猎人，他知道有各种各样的猎犬，但是好猎犬是不会说谎的。人没有办法追踪到的一种足迹，如果是一条好狗的话就会追踪到那个气味，现在就是这样。汤姆更加愿意相信烟灰的判断，在山里随机搜索实在太不容易了，其结果往往会让人绝望。

汤姆一直让皮特慢慢地走着，而且仔细地观察着烟灰。大猎犬把头抬得高高的，而且肯定是跟着同一个气味。骑马人身上的气味蹭到了小路两边的树丛上，这样就留下了气味。约翰尼·马格鲁德

196

说的是对的！

　　十分钟之后，他听见马蹄声从身后传来。原来是比尔·托利维回来了，他在小路的路口处急忙拉住马儿的缰绳转弯，然后停下来，马儿的两条前腿和头都扬了起来，并发出长长的嘶鸣声。这位老人看着汤姆摇了摇头。

　　"他们没有走那条路。"

　　"你确定吗？"

　　"那条路上有一条小溪，连溪水都没有被搅浑浊。这说明最近都没有人经过那里。"

　　汤姆可以感觉到老人现在开始不耐烦起来了，也理解他为什么会这么急切。这么慢的速度让他没办法接受。不过也只能这样，没有更好的办法了。小女孩的命运就指望烟灰的鼻子了，而它正在尽自己最大的努力追踪着那个气味。

　　走着走着，山路变得越来越窄，两边是茂密的月桂树林。马儿要是走在这里，骑马人的腿肯定会碰到树枝上。这样气味会很浓很重，烟灰跟踪起来更方便了，它跑了起来。汤姆也催促皮特跑起来跟上猎犬的步伐，这样却使比尔的大白马落后了一大截。

　　到了另一个岔路口的时候他们停住了，这里既没有树木也没有灌木丛。

　　烟灰停了下来，用它的鼻子在周围寻找着气味。虽然比尔·托利维很烦躁，但是烟灰还是在反复确认自己找到的气味。老人下了马，把缰绳绕在一根树桩上，自己跪在地上用手和膝盖支撑着身体在地上寻找马蹄印。

"不要影响烟灰确认气味的方向啊。"汤姆警告他说。

"它没追踪到什么气味，"比尔咕哝道，"我们要快一点！"

烟灰好像是听到比尔的话，要回答一样，它径直穿过十字路口，然后选择了往北的那条路。汤姆毫不犹豫地骑马跟着它，因为他相信这一定就是那条对的路。

"等一下！"比尔喊道。

汤姆让皮特停下来，马儿停下来的同时，烟灰也停了下来，然后在路上坐了下来。老人蹲在路口认真地思考着。

"我认为它错了！"他直接说道。

"你为什么这么说？"

"那条路走到头除了一片荒凉什么也没有，绑架苏的人应该会把她带回家。他们一定是往另外三条路之中的一条去了！"

"比尔，狗是对的！"

"它是错的，我告诉你了。"

在汤姆思考的时候，烟灰不耐烦地往前跑去，闻着地上的什么东西。汤姆骑马走过去，往地上看了看。然后，他下马捡起了一个小孩子的连指手套。

"看！"

"那是苏的，对了！"比尔兴奋地喊起来，"烟灰的鼻子真不赖，汤姆！"

"现在你还有什么话说吗？"

"跟上它，它总是对的。"

这时候夜幕开始降临了，天色一点点暗了下来。他们骑着马，跟着烟灰，当它慢下来的时候他们也慢慢地走，当它小跑起来的时候他们也跟着跑。

他们一路前进，汤姆越来越不安起来。他们正在慢慢走进荒凉的地区，只是因为这条猎犬确定苏被带到这个方向来了。最后，他拉住缰绳，转身说："你在想什么，比尔？"

"我不知道。"老人着急地回答道，"据我所知，附近15千米范围内都没有房子。"

"我想我们应该步行，"汤姆说，"也许我们催促烟灰赶得太急了，这样就没有办法好好观察它。"

"我还嫌慢呢。"

"慢一点总比错过好啊。"

"也许你是对的。"比尔勉强赞同地说道。

皮特走在前面，烟灰走在它的旁边，汤姆跟着一路往前走。夜已深了，突然从一棵树上传来了一只猫头鹰正要捕食的叫声，还有

第四章

犬

神

一只受到惊吓的松鸡不停地拍打着翅膀。拍打翅膀的声音突然停止了，猫头鹰杀死了松鸡。这时候，汤姆听到后面传来了马蹄走在冰冻的地面上的咯噔咯噔的声音。

绑匪们骑着马也应该是这样前行的，甚至是夜深了还没有到家。汤姆试着推断出他们打算做什么。

在这一地区，很多年前是有几间小屋子的，但是现在全都是危房了，或者已经种上了树。这里是原始的、人迹罕至的地区，山上只有一条很老的小路通进去。如果烟灰没有错的话，为什么那些人要把苏带到这里来呢？

烟灰突然停了下来，然后转弯向西走去。它跑了起来，同时发出微弱的叫声。他们看见了一个影子，老人赶紧来到汤姆旁边。

"那是什么？"老人轻声地说。

"他们没有步行，很有可能是骑着马从这里走的。我们必须靠近一点。这是什么，比

尔？"

"没什么啊，什么都没有。"

"你确定吗？"

他们都沉默了一会儿，然后比尔低声说道："是老银矿！"

"就是这个！"

汤姆现在记起来了。他听父亲说过，这里曾经发现过一个矿石带，还引来了蜂拥而至的人群。有一个传送带从这里伸到了山的另一边，几个月银矿就被采光了。现在，那些带着寻求财富希望的人修建的房子都开始在这片地区腐烂了。这时候汤姆快速地计算了一下。

离这里不到八千米远的地方，卡其曼河慢慢地流过山谷，通向遥远的城里。要是"黑麋鹿"得到河狸的话，没有比这个旧银矿更好的藏身之地了。那些皮毛适当地处理一下就可以无限期地保存，然后等到他们空闲的时候或者是有船经过这里的时候再带出去是很方便的。

"你知道银矿的具体位置吗？"汤姆小声说道。

"就在附近，我带你去。"

他们走得很慢、很小心，生怕弄出什么声音，比尔·托利维牵着他的大白马穿过了灌木丛。当他们进入了一个浅浅的、几乎没有树木的高山沟的时候，东方已经升起了一丝淡淡的黎明曙光。比尔把他的马拴在一棵独自生长在那里的白杨树上，向汤姆点了点头，汤姆也把自己的马拴在了那里。

烟灰转弯了，开始向着白杨树的方向跑去。汤姆打了一个响指，烟灰就停了下来。

"就是那里。"老人小声说道，"出发吧。"

他们准备好步枪，昂首阔步地往白杨树走去。烟灰走在前面，它昂着头，鼻子里喷出热气。这时候，汤姆闻到了木头燃烧的烟味儿，他把手放到烟灰的脖子上，阻止它继续前进。

到了白杨树林他们开始匍匐前进，然后他们就看见了矿井的门。有个烟囱从门旁边深入到了地底下，里面喷出了蓝色的烟雾。

汤姆看看比尔，这个老人点点头表示已经准备好了。汤姆慢慢地接近门口，猛地拉开了门，几乎在开门的同时，他跳进了矿井。

他看见一盏昏暗的灯在灯罩里闪着，灯光照在地板上，火炉让他感到很温暖。这时候他看到了科尔·塞勒斯。

那个偷猎者正靠在墙边打盹儿，他的膝盖上放着一把双管猎枪。就在汤姆看到他的时候他也醒了，并举起了枪。而汤姆此时还没有站稳，更没来得及拿枪瞄准。

突然，有什么东西砸在了科尔·塞勒斯的头上，他倒了下去，这时候枪声雷鸣般地响了起来，原来他倒下时开枪打到了天花板。黑暗中冲出了一个人，他用双臂把偷猎者按倒在地上。

原来是巴克·布伦特！

汤姆没有时间问红头发监督员为什么会在这里，因为火炉另一边的男人也挣扎着从毯子里醒来了，是里德·达瑟尔和福瑞德·拉尔森。汤姆跳起来靠近里德·达瑟尔，他知道比尔就在他旁边，然后就感觉到自己的鼻子被打了一拳，流血了。

比尔很激动。这些都是偷猎者，他们是山里每个诚实公民的公敌。除此之外，他们还是他的敌人，他们试图杀死他，还为了他们生意的安全绑架了他的孙女。现在他们面对他，而不是在法庭上，这是男人之间的战斗。

他们抡起胳膊使劲地打里德·达瑟尔的下巴，让他倒退了两步。这时候里德·达瑟尔把手伸进了衬衫里，拿出了一把长刀。他持刀砍向汤姆，却突然倒在了地上——有东西打到了他的头。

汤姆走过来，惊奇地发现巴克又出现在他前面。巴克正用力地挥舞着一根奇形怪状的棍棒。汤姆惊讶地盯着那根棍棒，那看起来就像一条野猪腿，那一头就是猪蹄。

"去找小女孩。"巴克喘着气说道，"在下面！"他一边说一边指向矿井的深处。

汤姆匆忙瞟了他一眼，发现福瑞德·拉尔森也已经趴在了地上，很明显是比尔·托利维把他打倒的。科尔·塞勒斯和里德·达瑟尔也被制服了。只有鲍勃·马格伦还在那边，他脸色苍白、全身颤抖着蹲在炉子旁边。

比尔来不及观察四周，他也不关心这些偷猎者怎么样了，就径直冲进了矿井深处。汤姆抓起枪，跟着他冲了进去。

他们来到了坑道的另一端，在这里关着一匹马，马儿发出紧张的嘶鸣声，把拴着的绳子都绷直了。一大堆河狸皮被杂乱地放在角落里。就在汤姆想通过前面的一盏灯的微弱灯光看得清楚一点的时候，马儿旁边的矿井变窄了。汤姆赶上了比尔，他正跪在边角光滑但是已经破裂的床边。

苏·托利维正坐在床上，她困倦地用手轻轻拍着烟灰的头。烟灰蹲在她身边保护着她——它忠实地顺着痕迹来到了这里。但是烟灰还在叫着，它的眼睛一直盯着漆黑的矿井上面。

"'黑麋鹿'！"汤姆脱口而出，"我们去抓他！烟灰会保护她的！"

孙女没事比尔也就放心了，他抓起灯笼跟上汤姆。

现在他们正处在矿井的矿石被挖空的地方，侧面的一块已经被挖掉了，看来是企图挖到更多的矿石。他们来到一个有岔口的巷道，停了下来，因为他们不知道该走哪边。

"让烟灰过来，"比尔小声地说，"我们不能——"

就在这时，突然从一边闪出火光，一颗子弹打入了他们身后的墙上。他们立马趴到地上进行反击，比尔已经吹灭了灯，汤姆知道比尔就在旁边。

就在枪声在封闭的巷道里回响的时候，汤姆好像听到几声朦胧的喊声。然后那个声音马上就消失了，此刻一片沉默。

"想想怎么才可以迅速地抓住他，"汤姆轻声说，"我会找到方法的。"

他们开始手脚并用地在漆黑的矿井里爬行，他们凭感觉往前爬，小心翼翼地不发出声音。他们不停地往前爬着，直到汤姆的手摸到前面只有空空的冷空气的时候才停了下来。他挥手让比尔停下来。

"前面像是垂直的坑道，"汤姆低声说，"等等。"他在黑暗中摸索着，摸到一颗小石子往前扔了下去。他仔细地听着，但是过了好几秒他才听到下面传来水溅起来的声音。

比尔点燃一根火柴，伸出去，这才看到前面是深渊。透过微弱的光，他们可以看到他们现在待的坑道里，墙与墙之间有许多立柱。汤姆这时候才想起刚才听到的朦胧的喊声，不由得全身颤抖了一下。这样，他们寻找"黑麋鹿"的事就算是结束了。

他们沉默了一会儿，然后就沿着来时的路回去接苏了。比尔带着苏回到了巴克看着那四个偷猎者的房间，红头发监督员带着疑问瞟了他们一眼。

"'黑麋鹿'去哪里了？"

汤姆拍了拍肩膀上的灰说："他掉进了一个垂直的、装满水的矿

第四章

井。”然后又转过身，严肃地问，“谁是‘黑麋鹿’，巴克？”

“查尔莫斯·加索尼。你不知道吗？”

“什么？”

“没错。我们的小个子野生动物研究者就是‘黑麋鹿’。他计划好了一切，而且他就快成功了。那份假的调任命令就是他发给我的。”

“假命令？但是他也是一个监督员啊，我看了他的任命书。”

“那是约翰尼·马格鲁德的任命书，是他改动过的。他拿到了约翰尼的所有文件，包括官方文件，那天晚上他也在那里，他还制造了野猪的脚印。我手里拿着的这个玩意儿就是他用来制作野猪脚印的东西。我知道他偷走了约翰尼的文件，但我只是愚蠢地以为他们只是为了推迟约翰尼上任的时间。我真是太笨了！当我拿着任命书走上克莱萨路的时候，里德·达瑟尔和福瑞德·拉尔森也在那里，是他们把我抓到这里来的。”

“他们抓你做什么？”

“查尔莫斯·加索尼需要一份保障。他希望捉到山里所有的河狸，为了防止哪一步算错导致他们走投无路，他们就用我做人质。他们放过你是因为比尔·托利维已经开始生气地攻击他们了，他们需要你去对抗比尔。我猜他认为这样你跟比尔都会很忙，那么就没有时间去管他们了。说说看，比尔，为什么你要独自对付这伙人？”

"约翰尼跟他说了很多，"汤姆咕哝道，"他是一个比我们两个都厉害的教育家。顺便说一下，现在约翰尼正在比尔家里看着汉克·贾米森呢。"

"太好了，全都抓齐了。"

比尔·托利维一边听他们说话一边检查了那条野猪腿。"巴克，"他低沉地说，"我们冲进来的时候你为什么没有被绑着呢？"

"我本来是被绑着的，他们绑得特别紧，我一直都无法动弹。直到他们把苏抓进来，让我气到发狂。我觉得他们做得实在是太过分了，我一定要做点什么。尽管我的皮被蹭掉了一些，但我还是成功地挣脱了绳子，而且我试着把绳子弄得很松，那样我移动起来就可以很快了。然后汤姆就跳了下来。当时我的腿还是麻的，但是我抓住了那条野猪腿，我觉得用它当武器不错。"

"很高兴你那样做了！"汤姆感激地说，"现在怎么办？"

"我们要带这四个人和汉克·贾米森去法庭，控告他们绑架并企图谋杀。就算是那个可笑的法官也不能否认这一点了。"这时候巴克的眼睛随意地看了一眼鲍勃·马格伦说，"如果有人愿意做证的话，那么有可能判得轻点。现在出发吧，我饿了。"

汤姆看着外面明亮的早晨，走到门口深深地呼吸着清新的空气。这时候，他的眼睛被斜坡上一个移动的东西吸引了。一头长着鹿角的雄鹿正站在那里，那是一个骄傲的生命的象征。那头雄

第四章

鹿朝四周看了看，摇摇它的鹿角然后就开始吃草了。

　　这时候，有东西蹭到了汤姆的腿，他看了一下，原来是烟灰。它就站在汤姆的旁边，它的鼻子正嗅着早晨的微风，在风中不断抽动着。